Apenas um Toque

Apenas um Toque

Márcia Ribeiro Pitta

TALENTOS DA LITERATURA BRASILEIRA

São Paulo, 2022

Apenas um toque
Copyright © 2022 by Márcia Ribeiro Pitta
Copyright © 2022 by Novo Século Editora Ltda.

EDITOR: Luiz Vasconcellos
ASSISTENTE EDITORIAL: Lucas Luan Durães
PREPARAÇÃO: Flávia Cristina Araujo
REVISÃO: Luciene Ribeiro
DIAGRAMAÇÃO: Laura Camanho
CAPA E ILUSTRAÇÕES: Raul Vilela

Texto de acordo com as normas do Novo Acordo Ortográfico da Língua Portuguesa (1990), em vigor desde 1º de janeiro de 2009.

Dados Internacionais de Catalogação na Publicação (CIP)
Angélica Ilacqua CRB-8/7057

```
Pitta, Márcia Ribeiro
    Apenas um toque / Márcia Ribeiro Pitta ; ilustrado
por Raul Vilela. -- Barueri, SP : Novo Século Editora,
2022.
    240 p. : il.

    ISBN 978-65-5561-326-1

    1. Ficção brasileira I. Título II. Vilela, Raul

21-5644                                    CDD B869.3
```

Índices para catálogo sistemático:

1. Ficção brasileira

TALENTOS
DA LITERATURA
BRASILEIRA
Uma marca do Grupo Novo Século

Alameda Araguaia, 2190 – Bloco A – 11º andar – Conjunto 1111
CEP 06455-000 – Alphaville Industrial, Barueri – SP – Brasil
Tel.: (11) 3699-7107 | Fax: (11) 3699-7323
www.gruponovoseculo.com.br |
atendimento@gruponovoseculo.com.br

"Não sei se a vida é curta ou longa demais para nós, mas sei que nada do que vivemos tem sentido se não tocarmos o coração das pessoas."
Cora Coralina

DEDICATÓRIA

Este livro foi escrito mais do que com o coração e sim com as percepções de uma vida.

Foi preciso apurar os sentimentos, temperá-los e contextualizá-los em emoções para conseguir concluí-lo, visto que o início da obra foi em 2019, anterior à pandemia, e a conclusão em 2021, durante a pandemia. Os personagens do livro também precisaram sentir o que a autora sentia, para prosseguirem a cada linha escrita... Então, mais do que nunca, a dedicatória é em primeiro lugar para Deus, Pai celestial e Eterno. Esse, independente de religião ou credo, é único, do bem, e está sempre pronto para ouvir nossos corações quando nos dispomos a senti-lo.

Não posso e não quero esquecer quem me forneceu vida e as bases de sentimentos para seguir. Nesse momento, eles seguem em outro plano, mas sempre no meu coração e em minhas memórias com seus legados eternos, meus pais amados: Ilmar da Silva Pitta (em memória) e Cleuser Ribeiro Pitta (em memória).

Ainda devo citar minha querida avó Ditinha (Benedita Lacerda Ribeiro Mafra, em memória), que desde 1983 está no plano superior, mas marcou imensamente minha trajetória de vida.

Existem tios, amigos e namorados que também marcaram e hoje estão no plano superior, dedico a estes também, pois todos contribuíram para o meu crescimento, seja espiritual ou carnal.

Agora a dedicatória é para os que aqui junto comigo estão, me ensinando, crescendo comigo e tocando em meus sentimentos de forma nobre, na esperança de um mundo melhor: à minha família, a todos os meus amigos e a você, leitor.

Não citarei nomes, pois todos me tocam e sinto que os toco de alguma forma. Todos fazem parte desse crescimento. Muitas emoções que nos ajudaram e nos ajudam a evoluir a cada dia.

No entanto, não posso deixar de agradecer aos meus irmãos:

Minha irmã Dulcita Ribeiro Pitta, a quem amo mais que tudo nessa vida. Nós temos muitos anos de convivência e aprendizado, regados de alegrias, tristezas e trocas de emoções verdadeiras. Sempre a revisora de todas as minhas obras. Sem a aprovação dela, nenhum livro meu segue para a editora, visto que ela é professora de português e ama ler, a ponto de ter tido a influência em meu gosto por leitura. Obrigada, Mana Amada.

Meu irmão querido João Antônio Ribeiro Pitta, pois o amo imensamente e foi com ele que conheci o sorriso doce, a sutileza da expressão e o jeito gostoso de enfrentar o dia a dia com afinco e entusiasmo. Obrigada, Mano Amado.

Just

Ao cumprimentar alguém, não importava o que ele, Just A Touch, pensasse, a pessoa saía vestida de ouro ou de espinhos.

A cada dez pessoas que saíam cobertas de ouro, alguém, em algum lugar do planeta, perdia a vida.

A cada vinte pessoas que saíam cobertas de espinhos, um ser, em fase terminal de vida, em algum lugar do planeta, recuperava toda a sua existência, ganhando mais um longo tempo de história nesta vida.

Just ficava cada vez mais intrigado, assustado e até amedrontado por não entender o que deveria fazer para desvendar a causa da situação e encontrar uma solução. Ele não queria que ninguém morresse... Evitava cumprimentar as pessoas. Muitos até o achavam esnobe por isso.

* * *

– Reparou como ele não toca em ninguém?
– Não reparei.
– Você é muito desligado, Gilson! Vou apresentar a Meire para ele e observar qual será a reação de ambos.
– Mas a Meire reparou nisso?
– Se reparou, nada comentou. Acredito que não. Na verdade, eles não se conhecem, ela nunca o viu, não teria como reparar...

Adelaide e Gilson caíram em uma risada gostosa de amigos que riem de tudo. Sempre agiam assim, eram amigos de fato e só isso já era motivo suficiente para que a risada brotasse a todo momento quando juntos estavam. Meire era amiga deles também, e todos eles frequentavam o mesmo colégio, inclusive Just. Porém, eles estavam três anos letivos à frente de Meire.

Meire veio do interior do estado sergipano, morou alguns anos na roça da cidade de Lagarto e perdeu a mãe muito cedo. Estava com sete anos quando um grupo de colonos, incluindo sua mãe, foram contaminados por varíola, uma doença contagiosa da época. O pai de Meire se viu desesperado, com seis filhos para criar. Não providenciou escola para as crianças, mal podia pensar em como sustentá-las, mal podia imaginar-se sem sua doce Carina... O fato é que ele veio para a capital de São Paulo para deixar os seis filhos com a sogra, e voltou para o campo. A avó de Meire, Dona Filó, fez o que pôde para criar as seis crianças juntamente com os dois filhos que ela já tinha. Era solteira, teve uma vida de muito sacrifício e dois filhos com pais diferentes. Ela não teve cultura escolar, apenas a cultura da vida, mas aproveitou da cultura que lhe foi proporcionada pelos encalços que teve que enfrentar em seu percurso terrestre, juntou a nobreza de alma que lhe era peculiar para conseguir ao menos alimentar e dar uma educação escolar para aquelas crianças. Ela até tinha uma pensão que o governo lhe pagava, por ser de família carente, mas não era suficiente. Contudo, ela não se abatia por nada e estava sempre procurando aprender e colocar em prática com trabalho suado tudo o que aprendia, qualquer coisa que lhe rendesse dinheiro, desde que fosse algo que não prejudicasse ninguém e estivesse dentro da legalidade do país. Procurava não fazer nada ilegal para dar exemplo aos filhos e netos.

Por essa situação, Meire acabou entrando na escola com idade avançada para o ano letivo que iria cursar, mas, sempre atenta, procurava absorver tudo o que os professores lhe diziam com sede de saber. Sonhava em ajudar a avó e, quem sabe, quando moça, ajudar seu pai que estaria idoso no futuro. Ela já se preocupava com isso. O pai não abandonou os filhos, não. Ele teve que voltar para a fazenda, onde trabalhava com plantação de feijão. Era esse mesmo feijão que o alimentava, literalmente. Plantava, colhia, almoçava e jantava feijão. Era tudo o que tinha, e o pouco que o patrão lhe pagava em dinheiro era destinado para São Paulo, para ajudar no sustento de seus filhos. Dona Filó tinha consciência de que Seu Teófilo, o pai de Meire, vivia em uma dificuldade de dar pena; tentou dispensar a ajuda dele, mas ele fazia questão, e sentia-se até ofendido quando Dona Filó dizia que ele não precisava enviar o dinheiro. Aquele dinheiro na capital era tão pouco que mal dava para alimentar as crianças, mas o Seu Teófilo fazia questão; e chegava a enviar o próprio feijão, em um pacote que era entregue pelo correio. Escrevia para Dona Filó:

> "Estou enviando dinheiro para o arroz e um quilo de feijão. Que espécie de pai seria eu, se não pagasse nem mesmo o arroz com feijão dos meus filhos? Isso é tudo o que tenho, mas é o pouco que posso".

Diante disso, Dona Filó aceitava, para não causar constrangimento ao genro. Ela sabia que ele tinha dificuldades na fazenda, era um reles empregado, e faria falta para ele; além disso, o dinheiro que chegava não dava para bancar todo o arroz que consumiam, sem contar o feijão enviado, que abastecia apenas metade do mês. Ela achava melhor aceitar porque, afinal de contas, ele fazia o que podia, eram muitas bocas. Crianças em fase de crescimento comem e muito. Às vezes Dona Filó deixava de se alimentar para não faltar para as crianças. Se algum dos netos perguntava, ela logo respondia que estava sem fome – ou que já havia comido, e que eles é que não tinham visto.

– Vocês falam todos ao mesmo tempo e fazem tantas estripulias que nem percebem o que se passa ao redor, eu como e vocês nem notam!

Dona Filó dizia isso, levantava-se da mesa e ia direto para o quintal cuidar do tanque, para não dar tempo de nenhuma outra criança indagar a situação. Ela sabia que saindo dali a conversa mudaria de foco. "Crianças são assim, dispersas mesmo..." ela pensava.

Meire era esperta, percebia tudo e todo o sacrifício da avó e do pai, mas os irmãos nada percebiam.

– Gente, vocês são devagar mesmo, hein! Que gastura, minha Nossa Senhora da Piedade de Lagarto! Não percebem que a vó fica sem comer para vocês repetirem? Procurem não repetir enquanto ela não comer.

As crianças riam e faziam caretas mostrando a língua para as costas de Meire. Ela até percebia; não sabia da brincadeira da língua, mas notava que riam e os censurava por isso, dizendo:

– Precisam crescer e se tornar pessoas de respeito! Como esperam respeito se não se dão ao respeito, hein? Vai Katlin, ajude a lavar a louça, Palin e Mônica, lavem e sequem a louça, Marcos e Junior tirem a mesa e Mirna, vá varrer a cozinha. Vamos, gente! Eu vou lavar o banheiro e quando voltar eu quero tudo em ordem.

Assim Meire ajudava sua avó no que podia. Parecia que ela era a filha mais velha. As demais crianças só tinham idade, mas nem tamanho tinham. Tiveram carência de vitaminas no crescimento e como os pais já não eram altos, eles, os filhos, não cresceram muito nem no corpo nem na esperteza. Meire era a exceção que fugia à regra por ser esperta.

Todos os dias Meire colocava ordem na casa, organizando o que cada um faria nas atividades do lar. Não eram sempre as mesmas tarefas para os mesmos, não; ela trocava as tarefas e os tarefeiros fazendo, revezamentos de forma que todos os irmãos pudessem aprender a fazer todas as atividades. Ao término das tarefas, todos poderiam brincar no quintal até às cinco da tarde, hora de entrar e tomar um banho gostoso para verem televisão. As lições de casa eram feitas sempre antes do almoço, e ela procurava ajudá-los como podia. Mas era muito complicada a situação de Meire, ela tinha muitas dificuldades em compreender as lições da escola... como ajudar os irmãos se não sabia nem para ela?

– Meire! Meireeeeeee!

Adelaide e Gilson gritavam à porta como se ela tivesse que atendê-los imediatamente. Eles estavam ansiosos para apresentarem Meire para Just e queriam contar isso a ela e logo.

– Ô cabrunco!*

Isso foi tudo o que Meire conseguiu expressar quando Adelaide contou que havia um colega na escola, o Just, que eles gostariam que ela conhecesse.

– É bom sempre fazer novas amizades, Meire – disse Gilson, sem demonstrar o seu verdadeiro objetivo.

Adelaide e Gilson foram embora ansiosos para a aula do dia seguinte, quando conseguiriam encontrar Just e apresentá-lo para Meire. Os três, Just, Gilson e Adelaide, estudavam no turno da manhã; e Meire no turno da tarde. Os turnos eram diferentes por conta do ano que cursavam. Daí a necessidade de Meire chegar mais cedo, antes que Just fosse embora.

---

* A gíria "cabrunco" é popular em Sergipe e se originou de uma doença chamada carbúnculo sintomático, que acomete animais. Pode ser uma expressão de espanto, uma qualidade, um xingamento, uma interjeição, um elogio, entre outros.

Lógico que não disseram para Meire que essa apresentação era porque queriam saber se Just daria ou não a mão para Meire, ao serem apresentados. Apenas pediram que ela chegasse um pouco mais cedo à escola para conseguir encontrá-los. Alegaram que tinham um amigo legal, o Just, e estariam juntos para combinarem de ir à quermesse no sábado; e como gostariam que ela também fosse, seria muito bom os quatro se reunirem para combinar o passeio.

Meire sempre levantava cedo para dar conta de tudo o que em mente se propunha a fazer, e assim ajudar a avó; mas naquele dia teve que se levantar com mais antecedência ainda, para conseguir chegar ao colégio mais cedo do que de costume e atender à solicitação dos amigos que ela gostava (e muito).

Lá, parados e em pé, olhando no relógio e ansiosos no portão do colégio, já estavam Adelaide e Gilson. Ambos eram assim, apressados, animados e sempre prontos para combinarem uma atividade juntos. Eram sempre os primeiros a chegar. Estudar, porém, já não era muito o forte deles; amavam estar na escola, mas para eles a escola era uma espécie de clubinho de diversão. Até tinham bom coração: respeitavam o jeito estudioso de Meire e o jeito de Just, que eles consideravam meio esnobe, mas queriam ser respeitados no quesito: "Nada de falar de estudo durante uma curtição!".

Levando-se em consideração que tudo na vida para eles era uma curtição, não era possível falar de estudos em momento algum. Sendo assim, Meire não tinha como estudar com eles. No entanto eram os amigos mais próximos dela, já que ela ficava um pouco constrangida perto das demais crianças que gostavam de imitar sua fala, por ter sotaque diferente. Por ser de outro estado, pobre e tímida, Meire teve um pouco de dificuldade para fazer amizades. Gilson e Adelaide, por sua vez, pareciam irmãos; na verdade, se combinavam mais do que irmãos. Não sentiam necessidade de fazer amigos, ambos se bastavam. Mesmo assim fizeram amizade com Meire e com Just – algo nesses dois os cativou.

Na sala de aula...

Esse professor me paga!

Foi instintivo, Just não conseguiu se controlar. E foi envolvido nesse pensamento de vingança que Just retribuiu os cumprimentos do professor Hélio, de matemática. Ele estava muito nervoso por ter recebido uma censura do professor. *As questões de matemática são difíceis, será que esse professor não tem compaixão ou ao menos compreensão com seus alunos? Estudei e muito para a prova, mas fui mal! E ele vem agora com esse sorriso falso me dar a mão cumprimentando, querendo se fazer de amigo. Tenho horror a falsidade.*

O professor Hélio, ao contrário do que Just pensava, era um homem do bem, compreensivo, resiliente e altruísta. Por isso mesmo tentou sorrir. Aquele sorriso era uma tentativa de fazer com que Just se aproximasse mais dele, que não ficasse tão tenso e que não achasse aquelas aulas tão maçantes.

O professor Hélio beirava seus trinta e dois anos de idade, sendo que desde a idade de Just já se importava com as reflexões exatas da matemática. Ainda menino, sempre se propunha a dar aulas particulares para os seus coleguinhas de classe sem nada cobrar. Ele tinha essa habilidade. Amava raciocinar, calcular e tudo o que era exato o encantava. Pena que Just não percebeu nada disso; estava carregado de raiva, de ressentimentos e com isso não tinha como enxergar com bons olhos as ações daquele professor que havia lhe atribuído notas baixíssimas.

Just chegou ao portão da escola muito irado, nem se lembrava do cuidado que deveria ter ao cumprimentar alguém e nem notou que dera a mão cumprimentando o professor Hélio. Ele queria mesmo era sair daquele colégio, estudar em outro lugar. Um colégio onde não existisse matemática no currículo.

Adelaide logo pulou à sua frente:

– Oba!!! Você chegou!!! Agora só falta a Meire para combinarmos nosso passeio.

– Aí, Adelaide, hoje eu não consigo combinar nada. Estou muito chateado com a nota que aquele professorzinho de matemática me deu.

– Ah não, Just. Lembre-se de nossas regras. Nada de falar sobre coisas de escola quando estamos curtindo. – Adelaide tratou logo de podá-lo para que não falasse de escola, e Gilson completou:

– Just, em primeiro lugar, o professor Hélio não é um "professorzinho", devemos respeitá-lo. Depois, não foi ele quem deu a nota para você, foi você quem tirou a nota. Os professores não "dão" as notas. Eles nos apresentam a matéria e nós é que aprendemos bastante ou pouquinho, compreendendo ou não o que nos foi apresentado. E revelamos o nível do que aprendemos através das notas. Para finalizar esse papo a Adelaide tem razão, não vamos com essa conversa estragar nosso encontro.

Just não disse nada, mas as palavras de Gilson o fizeram parar para refletir...

Naquele dia, Meire chegou em casa brava e dando pontapé na sombra. Precisou levantar-se mais cedo para agradar os amigos que queriam lhe apresentar o tal de Just, e esse cara não esperou por ela. Achando aquilo uma falta de respeito, assistiu às aulas sem ao menos prestar atenção ao que os professores falavam. Ela não percebeu que com isso ela também faltava ao respeito com alguém. Faltava ao respeito com os professores por não ouvi-los e faltava ao respeito com ela mesma. Se ela não conseguia entender mesmo quando os ouvia, muito menos agora, não prestando a atenção necessária; ela é quem sofreria depois, para aprender sozinha. Nada daquilo a interessava naquele momento. A raiva que sentia por ter sido feita de boba era maior que qualquer outra emoção. Chegou em casa espumando, mas procurou ser curta e grossa. Apenas respondia a alguma pergunta dos irmãos ou da avó o mais sucinta possível. Naquele dia as tarefas foram distribuídas igualmente às do dia anterior, não mudou nada. O mesmo irmão que fizera a tarefa no dia anterior iria refazê-la.

– Ah, Meire! Não quero repetir a tarefa, hoje eu queria fazer diferente.

– Quer fazer diferente, faça melhor dessa vez, fizeram porcarias ontem, não fizeram bem-feitas as suas tarefas, então terão que refazê-las. Simples assim.

As crianças foram ofegando para suas tarefas, sem perceberem que na verdade não foi bem assim.

Aquele dia Meire se recolheu cedo. Estava mesmo com sono, afinal, tinha se levantado bem antes do que de costume, por nada.

Nem é necessário comentar como Adelaide e Gilson ficaram decepcionados com a atitude de Just, que foi embora sem combinar nada.

Just estava sempre preocupado com sua situação, que era bem pior que cálculos matemáticos. Como fazer para não prejudicar ninguém ao cumprimentar e ao mesmo tempo viver uma vida simples, plena e feliz?

Tentou pensar em coisas ruins como bater em alguém ao cumprimentá-lo, para que saísse dali vestido de espinhos, e assim salvar uma vida em algum lugar desse mundo, mas não deu certo.

Mudou a estratégia e tentou pensar em coisas boas como o sentimento de amor, mas também não deu certo...

De fato, era difícil entender o que acontecia, e por que justo com ele. Ele desejava ser normal, não interferir na vida de ninguém, mas ao cumprimentar, seja lá quem fosse, mesmo sendo alguém que nunca tinha visto na vida, ele mudava o destino daquela pessoa. Ela saía dali riquíssima ou paupérrima. Sem contar que não era somente na vida da pessoa que ele interferia. Naquele instante, em algum lugar do mundo, alguém era felizmente curado ou infelizmente destinado ao mundo dos mortos.

Que situação. Just ficava com a mente cansada de tanto questionar o que acontecia. Consultou médicos, professores, religiosos, cientistas... Procurou por todos os tipos de profissionais que ele achava que poderiam de alguma forma auxiliá-lo, mas as respostas eram vagas.

– Doutor, procurei um médico, pois sinto que estou doente. – E assim contou o que acontecia ao médico.

Os médicos faziam todos os tipos de exames e nenhuma doença era detectada. Chegaram a encaminhá-lo para um psicólogo que disse ser normal tudo o que acontecia, e que ele não precisava de remédios, tampouco de terapias.

– Professor, penso que, com seu conhecimento acadêmico, poderá me ensinar o que fazer quando isso acontecer.

O professor lhe disse que em nenhum currículo constava tal assunto.

– O senhor, como representante de Deus, por favor, ore por mim e ajude-me a ficar livre desse problema. Diga a Deus que tenho esse problema, e peça que Ele me liberte. – disse ele a um sacerdote.

O religioso então respondeu:

– Fiel, tu dizes que sou representante de Deus, mas tu O tens dentro de ti. Com Ele, não tens problemas. "Não diga a Deus que você tem um problema, diga a seus problemas que você tem um Deus!" Nunca ouviste esta frase popularmente conhecida?

Assim Just não tinha mais a quem pedir socorro. Encontrava-se angustiado e recorreu aos cientistas. Estes começaram a fazer experiências diversas. Chegaram a pedir que ele cumprimentasse animais, como camundongos, cachorros e até leões. Just concordou. Fazia qualquer coisa para livrar-se daquela situação incômoda. Mas o que acontecia? Sim. Os animais também saíam com suas peles transformadas em ouro ou espinhos; e, da mesma forma, um animal da mesma espécie era extinto ou salvo, dependendo do resultado da soma dos cumprimentos ou da análise desses cumprimentos. Dizer "soma" lembrava matemática, o professor Hélio e isso o deixava alterado. Brincadeiras à parte, Just agora nem pensava mais nesse tempo do colégio. Seu tempo agora era o de sempre, o da angústia para resolver um problema que parecia indissolúvel.

Jornalistas do mundo todo vinham entrevistá-lo, o que o deixava muito sem graça, pois ele não sabia o que dizer diante da embaraçosa situação.

– Senhor, eu não posso falar a respeito.

– Então alguém o impediu de relatar o que acontece? Alguém está lhe pagando pelo silêncio? O senhor pretende ficar rico escolhendo quem cumprimentar? O Senhor...

– Por favor, meu caro. Tento ser educado, mas vocês apresentam uma avalanche de perguntas para uma coisa tão simples. Eu não posso falar nada, simplesmente porque não tenho nada para falar, é apenas isso. Não há mistério e tampouco dinheiro de alguém envolvido. Por Deus! Quanta imaginação, hein!?

Roberto, um jornalista conceituado na mídia televisiva, observava toda aquela confusão de longe. Notou que, na ansiedade de conseguir uma boa matéria, o repórter praticamente atropelou Just fazendo muitas perguntas ao mesmo tempo e tornando a situação embaraçosa a ponto de Just interrompê-lo e não o deixar concluir a entrevista. Um repórter precisa ter equilíbrio ao fazer perguntas, para conseguir ao menos parte do que se propõe. Agir com ansiedade só deixa mais difícil o trabalho a ser efetuado, e Roberto tinha total consciência da situação, a ponto de nem entrar no meio dos demais repórteres para tentar uma entrevista com o nosso Just.

Ao término do tumulto, Roberto apenas baixou a cabeça e saiu, refletindo sobre qual seria sua estratégia de ação para uma entrevista produtiva. Assim virou as costas e saiu caminhando.

Em outra direção, saiu Just de cabeça erguida, refletindo, questionando e organizando seus próprios pensamentos:

– Preciso controlar meus pensamentos! É isso! – Chegou a falar consigo mesmo deixando a voz sair baixinho, pois estava na rua.

Se a pessoa sai coberta de espinhos é porque pensei coisas ruins, terei que pensar coisas boas no momento de cumprimentar alguém. Seguiu pensando e com esse pensamento entrou animado em uma loja, aproximou-se de uma vendedora e estendeu a mão direita para cumprimentá-la:

– Como vai? – perguntou à vendedora. Ela por sua vez, retribuiu com um sorriso simpático, mas havia acabado de erguer-se e continuou segurando as caixas de sapato que havia recolhido do chão. Ainda sorrindo, apontou com o queixo mostrando a outra saleta da loja, chamando-o para uma sessão de compras e ao mesmo tempo respondendo:

– Bem, obrigada! E você? Tenho uma camiseta aqui que é a sua cara! Venha vê-la e experimentá-la. Vai amar!

Just viu a camiseta e chegou a experimentá-la, mas não a levou. Não fora lá com essa finalidade, não pretendia fazer compras e era muito determinado em suas ações de economia; cauteloso, era difícil fugir do que se propunha. Saiu da loja cabisbaixo, pensando com seus botões:

Quando quero cumprimentar, a pessoa não me cumprimenta. Vai entender, não é mesmo?

Então entrou em uma padaria e foi direto para o balcão do café; pediu um cafezinho, tomou-o e elogiou a maneira como o balconista tirou o café da máquina. Aproveitou a oportunidade para estender a mão direita para cumprimentá-lo, parabenizando-o. Ambos se cumprimentaram, mas o atendente vestiu-se de espinhos. Just saiu do recinto sem compreender o que ocorrera. Havia cumprimentado aquele atendente com pensamentos sinceros de coisas boas e do bem, enalteceu o trabalho do atendente e ele saiu vestido de espinhos. Não dava para compreender a situação.

Ao caminhar, Just tentava recordar a idade exata em que tudo começou, mas não tinha como precisar. Pode ser que tenha começado muito antes do que ele tenha notado.

Pode ser que eu já tenha nascido assim. Seguia pensando... *Será que o médico ao fazer o parto tocou de fato em mim e eu nele?...*

* * *

– Just, Just! Vamos jogar uma pelada na praça?

– Hoje o dia é corrido Edson. Tenho muitas atividades para fazer e minha mãe acabou de pedir para que eu vá até a padaria comprar pães e leite para o café da tarde. Meus tios estão para chegar.

– Just, então depois da padaria, dê uma passadinha lá na praça, se ainda estivermos jogando, vou querer você no meu time, amigo. – Edson disse isso sorrindo, virou a esquina com a bola nas mãos e Just nunca mais o viu.

Depois que voltou da padaria, ajudou sua mãe a arrumar a mesa do lanche e foi estudar.

Edson era um garoto legal, mas só pensava em futebol, tanto que Just ficou sabendo que naquele dia apareceu um "olheiro" no campo da praça que encaminhou o Edson para um time famoso em outro estado; e dali em diante a carreira do menino Edson foi só sucesso. Just lembra que ambos se despediram com um aperto de mãos. Teriam as vestimentas de Edson se transformado em ouro ao virar aquela esquina? Isso ele não teria como saber nesse momento...

E quanto a Lucas? Ah, o Lucas...

Lucas era o fruto de uma gravidez indesejada. Sua mãe sequer sabia o próprio nome, seu passeio diário era a Cracolândia e sua vida era uma angústia constante. Quando soube que estava grávida, fez de tudo para tirar aquela criança que estava por vir. As mães que viviam na Cracolândia colocavam seus filhos para pedir esmolas no farol e com ela não seria diferente. As crianças de pés descalços ficavam naquele asfalto tão quente que poderia fritar ovos, trabalhando para um traficante em troca de uma ninharia – que era toda revertida em drogas por suas mães. Com a mãe de Lucas não seria diferente. Ela não tinha dinheiro nem estrutura emocional para se manter sozinha, quem diria com uma criança junto? Sim, ela tinha que tirar aquela criança, estava determinada e assim tentou de tudo, quase morreu, mas todas as tentativas foram em vão. Lucas, contrariando os desejos de sua mãe, veio ao mundo.

Se existe na terra um local chamado trevas, era lá que Lucas vivia. Ele não tinha nem ideia que existia um mundo diferente. O cenário e os exemplos para ele apresentados eram de total submundo. Os exemplos de comportamento que o menino tinha eram os piores. Todos o exploravam fazendo-o trabalhar desde cedo, sem hora certa para regresso, e o pior, não havia para onde retornar, vivia sempre em locais banhados de lodo. Era impossível descansar em um local assim, todos falavam ao mesmo tempo e alto. Na verdade, todos gritavam. Alguns caindo de bêbados, drogados e outros por estarem lúcidos, porém discutindo com muito fervor. Muitos chegavam a se agredir fisicamente. A ira era total. Fácil compreendermos o porquê de tamanha desordem. Ninguém se escutava. Um lugar onde todos falam ao mesmo tempo é um lugar onde não há ouvintes. Se todos falam, quem escuta? Lucas teve diversas razões para ser do mal e teve muitas lições para praticar o mal, mas ele não era assim. Lucas tinha e sentia uma força muito grande dentro de si.

Muita coisa que ele presenciava, muitos exemplos incorretos, ele não sabia o porquê, mas discordava. Sentia em seu íntimo que aquilo não deveria ser assim. Ele não tinha alguém que dissesse a ele que seu íntimo estava certo, também não tinha alguém que o orientasse em seu convívio. E, sendo assim, algumas ações erradas ele repetia mecanicamente, sem entender muito bem, apenas repetia porque aprendera que deveria ser assim. Como entrar em uma venda e saquear alguns alimentos, por exemplo.

Sua mãe era má com ele e com todos. De todas as coisas ruins que existem, só não era assassina; de resto, era a maldade em pessoa. O fato de não ser assassina fazia com que Lucas partisse desse princípio para tentar entendê-la. Ele até poderia fugir dali e partir para outra, pôr o pé na estrada... Pior do que era não teria como ser, mas ele tinha pena de sua mãe. Não queria deixá-la sozinha naquele mundo de trevas.

Lucas não tinha o bom, o correto e o amor para comparar. Nunca recebera um sorriso sequer de ninguém em toda a sua existência, mas isso não o tornava mau; o que ele sentia que vinha de dentro de seu coração era forte e suave. Era bom, era do bem. Uma força inexplicável relatava para seu interior que a vida poderia ser diferente, e que estava em suas mãos.

No armazém do sr. Daniel

– Perdeu, irmão! Me passa o relógio!
– Primeiro: se sou seu irmão, não perdi, ganhei um irmão. Segundo: se quer o relógio, eu darei, mas peça corretamente.
– Tá me tirando, cara!? Passa logo ou vai levar uma na cara!
– "Passe-me o relógio!" – corrigiu Just.
– Ah, tu tá levando na brincadeira e eu tô nervoso, meu.

Just achou aquele menino muito novo para tais ações e esperto também, mas estava infelizmente usando a esperteza para o mal. Naquele momento Just não tinha como ajudá-lo, tinha um compromisso com hora marcada e estava atrasado. Apenas sorriu para o garoto retirando o relógio do pulso e dando-o para o menino de coração aberto. Puxou-o para junto de si, dando-lhe a mão em um cumprimento puro, deu um abraço no menino que ficou sensibilizado e saiu do armazém sem saber o que acontecera naquele momento. Just estava muito apressado, não teve tempo nem de olhar para trás.

Naquele momento ele não soube o que ocorrera, mas tempos depois sim. Aquele menino era Lucas!

Parece que foi gradativo, a cada conhecimento adquirido, a cada emoção sentida, algo tocava Just, que passou a se sentir impulsionado a cumprimentar as pessoas. Cumprimentava cada vez mais, e chegou a parar transeuntes na avenida do comércio para cumprimentá-los. A princípio ele não sabia o que acontecia, cumprimentava apenas pelo prazer de cumprimentar. Alguns correspondiam e outros não.

– Mas o que é isso!? Pensa que cumprimento qualquer um? Faça-me o favor! – Dona Everenciana disse ao cruzar com o rapaz, que com um sorriso nos lábios aproximou-se dela com a mão direita pronta para tocá-la.

O senhor Evereste nem sequer o olhou. Esticou o rosto para cima, empinando o nariz de forma que seus bigodes gigantescos sobressaíssem.

Mas dona Emengarda não. Ah, dona Emengarda...

Dona Emengarda era uma senhora encantada pela vida e com a vida. Apreciava a tudo e a todos e tinha sempre um sorriso simpático e carismático a qualquer momento:

– Que menino simpático! – exclamou e prosseguiu dizendo: – Sua atitude demonstra que você é um ser de luz. Continue assim, meu querido menino, e você progredirá muito.

Não é preciso nem dizer que, lógico, dona Emengarda retribuiu o cumprimento com as mãos e o puxou, abraçando-o com muito carinho.

Ela saiu daquele abraço refletindo em voz alta:

– Ah! se todos fossem como esse menino... Sem dúvida teríamos um mundo melhor pela frente.

Just saiu daquele abraço revigorado. Guardou a imagem daquela senhora não somente na memória, mas no coração, e quando ele já era um senhorzinho, conseguia lembrar-se de Dona Emengarda e daquele instante de infinita paz interior.

Just ainda era pequeno...

    Costumava se sentar no muro que ficava no quintal da frente da casa em que residia, e parecia ausente. Seus pensamentos estavam além daquele momento. Indagava para si mesmo se no futuro ele se lembraria daquele momento. O que seria dele, passados uns dez ou vinte anos? E depois? Estivesse onde estivesse ele teria registrado na memória aquele momento e tudo o que pertencia àquele instante e àquele local, para no futuro se lembrar. Não havia movimento na rua, as pessoas estavam todas dentro de suas casas, mas a imagem das casas, da rua e travessas, dos jardins e quintais das casas, e até a imagem iluminada do sol no céu, ele iria guardar na memória para se lembrar no futuro. Em um futuro longínquo, ele ainda haveria de se recordar.
    De repente surge seu pai:
    – Just, vamos ao barbeiro, você e eu não ficamos bonitos de cabelos compridos e precisamos agradar as garotas.
    – Papai, você já é casado e eu sou novo ainda para essas coisas.
    – Sim, meu filho, eu sou e muito bem casado, mas sua mãe é minha garota e gosto de agradá-la. Quanto a você ser novo para essas coisas... pensemos juntos...
    – Como assim?
    – Você está com sete anos. Correto?
    – Sim.

– Certo. Sete anos é novo para namorar, mas para agradar não existe limite de idade. Sendo assim você não é novo para agradar uma garota. Sem contar que você tem muitas garotas... Mamãe, vovó Adélia, vovó Mariquita, tia Candoca, tia Gumercinda, tia Constança e tia Bel. Nossa! Você de fato é um garoto de sorte! – O pai de Just soltou um sorriso alegre ao pronunciar essas palavras e instantaneamente pegou Just no colo tirando-o do muro e colocando-o no chão.

Ambos foram caminhando por mais ou menos um quilômetro, até chegarem à barbearia do Sr. Rubens. Era um ambiente muito gostoso. Havia vários tipos de clientes que iam lá todo mês para cortar o cabelo ou acertar a barba ou o bigode. Sempre tinham o que fazer por lá.

Era nítido que o Zeca não tinha o que fazer em uma barbearia: era careca, sem barba e sem bigode, mas todo mês, quando Just e o pai chegavam, Zeca estava de saída, dizia que só estava de passagem porque não podia deixar de vê-los. Dizia que não saberia viver sem o creme de barbear que só o sr. Rubens vendia, e que era dos melhores, além do preço acessível para ele.

O Sr. Orlando vivia de terno, frequentava a barbearia todos os dias e sempre no mesmo horário. Vinha ler o jornal e tomar um cafezinho. Estava sempre elegante de terno e gravata, um lenço na lapela, o chapéu e uma linda bengala que completava o seu visual de nobreza. O Sr. Orlando na época contava com mais ou menos oitenta anos de idade e era um senhor bem conservado, sério e intelectual. Quando via Just chegar, ele se levantava, olhava o relógio que tinha no bolso, preso a uma corrente, e com um sorriso semiaberto exclamava:

– Oba! Chegou o menino querido por todos!

No mesmo instante tirava uma barrinha de chocolate do bolso do paletó e presenteava Just, que ficava felicíssimo.

– Como se diz, Just? – O pai inquiria.

– Não precisava Sr. Orlando..., mas muito, muito obrigado mesmo! respondia o menino. – Certo, papai?

– Certo, filho.

Just então se virava para o Sr. Orlando e dizia animado:

– O dia que o senhor não trouxer, sentirei falta, Sr. Orlando!

– O que é isso Just!? Que vergonha! – Indignava-se o pai, e todos riam felizes com a sinceridade do menino.

Assim seguiram-se os anos; e a cada mês Just e seu pai faziam o ritual de caminharem juntos à barbearia. Just já estava com seus quatorze anos, mais ou menos, parado em pé na barbearia, comendo seu chocolate mensal e contando "causos" para todos os presentes. Parecia que o lugar era seu consultório de psicanálise, pois ali ele contava suas histórias, tudo o que se passava na escola, em casa, em algum passeio, algumas paqueras, comentários sobre as "peladas" na várzea. Os ouvintes o incentivavam.

– Meu filho! Reparou que desde que chegamos você não parou de falar? Fica tagarelando direto. Meu Deus! Quem aguenta?!

Todos diziam:

– Deixe-o contar, estamos gostando de ouvir.

A voz do sr. Orlando era a que mais se destacava, pois, ouvindo o menino, ele se sentia jovem novamente. Cada aventura relatada era como voltar às suas próprias aventuras e revivê-las com o mesmo frescor da inocência da infância. Era um misto de sentimentos, pois tinha saudades com tristeza e saudades com alegrias. Uma intensa vontade de reviver aquelas histórias todas e sentia que não conseguiria de fato, porém revivê-las na lembrança também era um modo de resgatá-las. E nesse emaranhado todo de pensamentos e falas vinha o som do Mineirinho passando com seu bate-bate na calçada.

– Prestenção! É gurinha mês; lidileite e mass tumatch na liquidação.*

– Hoje o Mineirinho está com a voz mais animada, né gente? Zeca comentou meio que questionando e já pegando o copo com água fresca para oferecer ao mineirinho. Todo dia o Mineirinho passava por lá vendendo seus produtos e aproveitava para tomar um copo de água fresquinha que o Sr. Daniel antes de abrir o armazém deixava lá ao voltar da bica e assim o rapaz resgatava suas forças para continuar sua caminhada. Caminhava vendendo tudo o que era possível um ambulante imaginar para vender, e fazia questão de passar em todas as ruas do bairro.

– É... comigo não tem esse negócio de passar de carro com o autofalante que fala tudo como um robô, repetindo a mesma coisa, independente de quem está ouvindo, parar na esquina e quem quiser que venha comprar. Ah não, sô! Eu faço questão de bater de porta em porta e conhecer os hábitos e desejos de cada cliente meu. Meus clientes são como uma família para mim. Eu me preocupo com dona

---

* "Preste atenção! É agorinha mesmo; o litro de leite e a massa de tomate na liquidação."

Emengarda, por exemplo, ela ficou viúva, sua filha foi morar no estrangeiro, e ela mais o filho moço ficaram aqui. Ela acorda às sete da manhã para regar as plantas, passar o café, deixar a mesa pronta para o café da manhã do filho, banhar-se e seguir para a igreja. Assiste a missa todos os dias pela manhã, depois na volta ela passa no açougue e no mercado, faz almoço. Quando o almoço está na mesa ela vai chamar o filho para almoçarem juntos. As refeições com horário certo e junto à mesa é algo que ela não abre mão. Se deixar, o menino acorda tarde porque passa a noite toda no computador. Ou seja, troca o dia pela noite... O que será desse menino? E em consequência, o que será de dona Emengarda?

– Compreendo sua preocupação, Mineirinho, mas não pode falar da vida de seus clientes assim. – interveio Just.

– Menino, eu não falo da vida dos meus clientes assim como disse. Eu comentei foi sobre a preocupação que tenho com uma cliente que é mais do que cliente, é uma grande amiga para mim. Nós mineiros somos assim, apegados e preocupados uns com os outros.

– Entendo, mas não sei se é conveniente ao falar de sua preocupação dizer, para quem quiser ouvir, quais são os hábitos da pessoa. Observe que você contou até os horários de cada atividade dela e onde encontrá-la. Se uma pessoa não muito confiável ouvir todos esses detalhes, já pode pensar em prejudicar um cliente seu, compreende?

– Sinto confiança em todos vocês aqui. Nessa barbearia só tem gente do bem. Você mesmo, menino Just, por ter falado assim, percebi o quanto se preocupou comigo e com meus clientes. Bom seria se você fizesse amizade com o filho de Dona Emengarda. O que você acha? Ele deve ter uns dezesseis anos mais ou menos, você com quatorze tem mais juízo que ele, aí você poderá dar uns bons conselhos para ele. Topa?

– Não, não, não, não, não. Just não irá se meter na vida de ninguém! – O pai de Just pronunciou a negativa com cara de bravo. Muito irritado ficou com a ideia de ver o filho se envolvendo com um garoto mais velho que ele e que trocava o dia pela noite. *Que ideia de jerico teve esse Mineirinho!*, ele pensou, mas não chegou a dizer. Sabia que ofenderia o Mineirinho, que afinal não falara por mal.

Uma nuvem de silêncio, mal-estar e indagação passou por todos naquele momento. Todos refletiam sobre o assunto antes de se pronunciarem, e foi quando o sensato Senhor Orlando, que falava pouco, resolveu se manifestar:

– Você, como pai, ter essa primeira reação é plausível, mas vamos refletir juntos. Just apenas fará uma nova amizade, e desse novo conhecimento poderá surgir uma amizade de fato, em que um possa ajudar o outro, ou não. Just, embora seja novo ainda, já possui uma maturidade nata, que foi duplamente reforçada pelos pais e recheada de bons conselhos dos demais membros da família, e por nós que o amamos como se fosse de fato um ente querido de nossas famílias. Just saberá ter discernimento para separar o que é certo do incorreto e não se meterá em enrascadas pelo que conheço dele. E arrisco dizer que ele poderá sim, ajudar o rapazinho de Dona Emengarda. Mas, meu caro menino, terá que contar e desabafar com seu pai, confiar nele como sempre fez, e caso seu pai diga que a atitude de vocês não é conveniente e que você está se prejudicando, deverá se afastar para que não aconteça de ser influenciado por maus hábitos. Você faria isso, menino Just?

O menino afirmou positivamente com a cabeça e em seguida o senhor Orlando virou-se novamente para o pai de Just e perguntou:

– O que acha?

O pai de Just baixou a cabeça, como se ele se isolasse em um momento de reflexão, espremeu os lábios, levantou as sobrancelhas, olhou para Just e questionou o menino:

– Você, meu filho querido, o que quer fazer diante da proposta do Mineirinho?

Just disse que gostaria de tentar ajudar e seu pai então consentiu sem nada mais a dizer. Ficou com o semblante preocupado, mas se o filho se via em condições da tarefa proposta, quem seria ele para tolher uma tarefa com propósitos do bem?... Apenas balançou a cabeça e todos na barbearia o aplaudiram emitindo sons de euforia e satisfação. Até parecia que todos, a partir daquele momento, estavam entrando juntos naquela empreitada.

E DONA HILDA

Sabe aquelas casas aconchegantes de interior que possuem um jardim na frente com roseiras e uma varanda grande e acolhedora, logo na entrada da casa, para quem chega entrar e se sentar, trocando um dedo de prosa? Pois assim era a casa de dona Hilda.

Dona Hilda era extremamente elegante, muito receptiva e acolhedora, exatamente como a casa dela. O cheiro que ela exalava parecia vir do jardim da casa, mas era o seu aroma, o perfume do seu corpo que coincidia com o aroma da casa. Cheirava a lavanda. Quem a conhecia de primeira já dizia que ela vinha do interior. Mas não. Dona Hilda nasceu e foi criada na capital. Seus familiares, sim, vieram do interior; e ela herdou o hábito daqueles que iluminavam com um abraço, abraçavam com um sorriso e acalentavam com um olhar.

Em uma bela tarde de sol, Just resolveu caminhar e saiu pelo bairro trajado com uma bermuda, meias, tênis, uma camiseta com um tamanho maior do que ele deveria usar e o boné, que para ele não era acessório e sim parte de suas vestimentas. A camiseta de número maior é porque ele, desde criança, sempre gostou de usar roupas confortáveis. Assim se seu tamanho era o "P" de pequeno ele usava o "M" de médio. Para ele essa coisa de se apertar em uma roupa não fazia sentido nenhum. Sua mãe, dona Judith, chegou a ficar preocupada no começo. Ela dizia que suas amigas iriam pensar que ela era a culpada por seu filho se vestir mal. Sim, porque roupas largas passavam a impressão de desleixo, e ela tinha total consciência de que não era desleixada. Isso jamais. Com o tempo, dona Judith foi percebendo que o fato de Just gostar de roupas largas não a desabonava, afinal as roupas não estavam rasgadas nem sujas. Isso sim seria sinal de desleixo total...

O fato é que, naquela tarde de sol, Just resolveu sair para uma boa caminhada pelo bairro. Seu bairro ele conhecia bem e ele era conhecido por muitos, o que tornava o passeio agradável; mas se o intuito era caminhar, não poderia ficar parando e cumprimentando as pessoas, ele tinha que fazer a caminhada em ruas planas por quarenta minutos sem parar. No momento de atravessar a rua, poderia parar na esquina para verificar se havia carros, mas uma vez parado, tinha que continuar fazendo exercícios com as pernas e os pés como se estivesse caminhando até o semáforo abrir, como se caminhasse parado no local. Essa foi a orientação que dona Judith deu a ele.

Just estava um pouquinho acima do peso, pois não tinha hábito de se exercitar, e gostava de comer as guloseimas que dona Judith preparava como ninguém. Então, naquela tarde ele se propôs a caminhar:

– Mãe, é hoje. Começarei minha caminhada a partir de hoje e amanhã já estarei com o peso apropriado. Verás!

Dona Judith só fez sorrir. O que dizer de tamanha impossibilidade? Ela sabia que ele havia dito aquilo para provocar-lhe sorriso, e ela assim o fez. Além do sorriso, apenas respondeu:

– Faça essa caminhada todos os dias por quarenta minutos sem parar, e verá se em um mês não vai perder alguns quilinhos. De minha parte, tentarei fazer menos tortas e bolos aqui em casa, vocês se superam aqui quando vão comer. Gula é um dos pecados capitais, sabia meu filho? – concluiu, soltando um sorriso gostoso.

Just saiu para aquela caminhada animado. Sentir o pouco vento que tinha em um dia de sol quente batendo em seu rosto era compensador. Ele gostava de caminhar e conversar consigo mesmo em seus pensamentos. Incrível como ele o compreendia bem...

Just, vamos caminhar? Sim, eu topo Just!
Just vamos parar? Sim, eu topo Just!

Admirável como ele topava quase tudo o que ele propunha para si mesmo. Assim ele seguia pensando e questionando consigo mesmo se cada pessoa gostava de sua própria companhia, assim como ele gostava da dele.

De repente, no meio da caminhada, deu de cara com o professor Hélio. *Ah, não! Matemática aqui também, não. Esse professor eu não mereço, já chega ter que aguentá-lo na escola.* Just desviou e fingiu não ter visto o professor. Já fazia uma hora que tinha se aventurado na caminhada. Sua mãe havia sugerido que caminhasse quarenta minutos por dia, mas já fazia uma hora que caminhava; talvez se caminhasse um pouquinho mais, quem sabe seria melhor... Foi quando sentiu uma gota de água em seu rosto. Olhou para o céu que já não tinha mais o brilho do sol, mas não percebeu que era gota de chuva. Já cansado, não sabia se aguentaria o retorno, não estava acostumado a caminhar muito... Começou a ficar aflito para encontrar uma solução para o regresso, quando a chuva despencou, e forte. Avistou uma casa com uma varanda aconchegante e uma senhora simpática que o chamava, e correu para lá.

– Entre e sente-se aqui na varanda. Vou buscar uma toalha, você está ensopado! Para pegar uma gripe não falta muito.

Ele não viu outra opção. Correu ao encontro dela, só não se sentou. Primeiro secou-se na toalha para depois sentar-se. Não queria estragar a cadeira da varanda com a umidade da chuva. Dona Hilda sentou-se na outra cadeira após ajudá-lo a se secar com a toalha, e tinha trazido para ele um leite quente com chocolate também:

– Tome devagar. Fará bem. Irá esquentá-lo nesse tempo de chuva. A sua sorte é que vim aqui fora espiar a intensidade da chuva porque quando ouvi o barulho de trovões fiquei preocupada com meu filho que acabou de sair. Ele foi encontrar a namorada. Mas que momento ele escolheu para sair, coitado! – Dona Hilda exclamou e continuou:

– Espero que ele não chegue à casa da namorada ensopado como você chegou aqui. Tempo quente como estava e essa troca de temperatura brusca no corpo, não é bom. Tomara que ele chegue logo e bem por lá.

– Senhora, muito obrigado pela acolhida. Nem sei como agradecer. Minha mãe disse para eu caminhar quarenta minutos, mas eu me estendi na caminhada, fiquei distraído em meus pensamentos e não percebi o tempo passar nem o clima mudar...

– É assim mesmo. Desculpe, qual é o seu nome?

– Just.

– O meu é Hilda. Como eu ia dizendo, é assim mesmo, Just. Quando estamos entretidos com algo que nos dá prazer, não sentimos o tempo passar. Por isso a vida passa tão rápido. Porque ela é prazerosa.

– Desculpe senhora, mas nem tudo na vida nos dá prazer. – Just revidou a afirmação de Dona Hilda e de imediato veio à sua mente que se seus pais estivessem por perto, certamente o recriminariam por uma intervenção negativa diante de alguém que estava lhe estendendo a mão. Sendo assim, seguiu pedindo desculpas.

– Desculpa? – questionou dona Hilda, seguindo a conversa: – Desculpas nós pedimos quando estamos errados. Não há o que desculpar, Just. Você apenas expressou, e com calma, sua posição diante da minha afirmação. Achei ótima sua colocação. Na verdade, é entediante quando conversamos com alguém que concorda com tudo apenas na tentativa de ser agradável, e não porque concorda de fato. A melhor porção de uma conversa é a simplicidade de ideias, mesclada em verdades trocadas e refletidas em comum, para que se chegue a uma conclusão que satisfaça ambas as partes. Não acha?

– Sim, dona Hilda. Desculpe a pergunta, mas não estou atrapalhando a senhora aqui?

– Just, o que julga ser "atrapalhar"?

– A senhora pode estar cheia de coisas para fazer lá dentro, e um estranho aqui lhe tomando o tempo...

– Just, se eu o chamei aqui, é porque estava disposta a recebê-lo em minha varanda. Não poderia vê-lo ensopado e deixá-lo na chuva. Já caminhei sob a chuva forte e sei bem como é difícil, e as consequências depois são piores ainda. Você falou de sua mãe, conte-me mais sobre ela. Eu adoraria ouvir.

– Dona Hilda, não é por ser minha mãe, mas ela é encantadora, doce e sublime.

– Nossa Just, que sorte você tem, hein!? Poucos hoje em dia reconhecem as qualidades de suas mães.

– Ah, isso eu reconheço. Reconheço que fui abençoado com pai e mãe sem defeitos.

Dona Hilda ficou pensativa.

– Sem defeitos! Que beleza, Just. Você os enxerga com o olhar puro de um filho, e é assim que deve ser para que tenhamos o mínimo de respeito, seja com os pais biológicos ou com quem nos criou. É evidente que eles têm defeitos, mas as qualidades deles superaram os defeitos no momento da criação dos filhos. Certo?

– Exatamente, dona Hilda. Lógico que reconheço alguns defeitos que eles possuem, mas na verdade se tornam imperceptíveis para mim, pois o amor que tenho por eles faz com que eu sempre procure solucionar a questão de forma coerente, em vez de criticá-los o tempo todo.

– Que beleza, Just. Quem dera no mundo houvesse mais pessoas conscientes assim, não é mesmo? Só tenho uma ressalva aqui. Nós usamos muito a palavra defeito, quando na verdade acho que "defeito" seria uma palavra forte e não encaixaria aqui. Procuremos uma palavra que possa substituir a palavra "defeito", o que acha?

– Irregularidade? Eles têm algumas irregularidades. – Just concluiu a substituição da palavra escolhida sorrindo, com ar de indulto.

Dona Hilda achou graça, mas achou que poderiam procurar outra palavra que se encaixaria ainda melhor. Então Just propôs outra palavra:

– Dona Hilda, me veio à cabeça agora a palavra fraqueza, mas acho que não seria legal também, né?

– Vamos substituir a palavra na frase para vermos como soa, Just: "Eles têm algumas fraquezas...".

Nisso, Just encontrou outra palavra que não deixou dúvidas do sentido verdadeiro na frase:

– Imperfeição? "Eles têm algumas imperfeições".

– Sim! Isso. Nenhum de nós no mundo é perfeito. Não somos perfeitos Just, todos temos algumas imperfeições, e cabe a nós tentarmos corrigir as arestas da imperfeição e aos poucos vamos nos tornando melhores para nós e para o mundo. É essa a palavra que todos deveríamos ter em mente para compreendermos as ações do próximo. Somos imperfeitos e conforme vamos vivendo, com nossas experiências e conhecimentos adquiridos, vamos aos poucos caminhando rumo a uma perfeição que, a meu ver, é por coligações de acontecimentos e ações.

– Coligações? Não entendi.

– Tenho comigo que as atividades e os conhecidos que nos compõem são subdivididos. E podemos denominar cada tipo de atividade e cada grupo de conhecidos como ciclos e coligações.

Just riu; não estava conseguindo acompanhar o pensamento de dona Hilda. Ela seguiu com a linha de raciocínio:

– Não é complicado. Quando nascemos, as pessoas que nos rodeiam e a casa em que vivemos compõem um uma coligação, um ciclo... Ali teremos atividades e convivências. Algumas atividades nós conseguiremos concluir com facilidade e outras não, assim como as pessoas de dentro de casa: com algumas teremos facilidades de convivência e com outras não. Pois bem, como vamos encarar cada atividade e cada relacionamento ali dentro é uma busca pela perfeição, para a conclusão de uma coligação e/ou de um ciclo vivido. Depois segue com a escola, o trabalho... E assim sucessivamente. Conforme o tempo vai passando, vamos aumentando o número de coligações e/ou ciclos em nossa vida diária e com esses vêm os conflitos, os desafios, os auxílios ou não ao próximo...

– Que massa!* Acho que agora entendi ao menos um pouco do seu raciocínio. Nunca havia refletido sobre isso, dona Hilda.

– Agora fazemos, você e eu, parte de mais uma coligação em nossa vida. – Disse Dona Hilda, sorrindo.

– Nossa, Dona Hilda, que honra em tê-la fazendo parte de minha coligação durante minha evolução pessoal. O tempo passou tão rápido que nem percebi que a hora avançou e estou aqui. Preciso ir, mas se não se importar, voltarei para conversarmos mais.

Terminaram aquela tarde mais leves. O sentimento de ambos era de tranquilidade e alegria. Assim seguiram-se várias tardes depois daquela. Uma vez por semana, Just caminhava até a casa de Dona Hilda e lá passava a tarde toda, trocando ideias e refletindo sobre diversos assuntos. Dona

---

* Gíria usada para expressar algo muito legal, divertido, surpreendente.

Hilda já o esperava com o chocolate quente, independentemente se estava chovendo ou não.

Just voltou mais leve e mais disposto para casa. Chegou mais alegre e de bom humor, o que lhe deu a ideia de aproveitar a leveza para ir ao quarto fazer as lições de matemática. Quem sabe, sentindo-se tão bem como estava, ele não conseguiria entender e acertar as questões de matemática? Seguiu para o quarto com essa reflexão, mas quando se lembrou do professor Hélio, toda aquela leveza tornou-se pesada. *Homem chato. Deve ter sido criado por uma mãe muito imperfeita. Se ele tivesse conhecido Dona Hilda, certamente não seria tão chato. Como conseguia ser tão irritante?* Assim Just pensava em seu quarto, de bruços na cama com o caderno à frente, mas nem olhava para os exercícios porque o que vinha à mente era o professor, por quem ele tinha uma antipatia terrível.

Colocou os livros e os cadernos de lado e telefonou para Gilson.

– Gilson, tudo bem? É Just.

– Tudo bem, cara, a Adelaide e eu estamos aqui no colégio. E você?

– Estou em casa. Venham para cá. Estou tentando fazer os exercícios de matemática. Topam? Já sei que não, então a gente pode assistir a um filme pela Netflix. O que acham?

– Legal. Aqui no colégio está muito parado. Adelaide vai também. Espere que logo a gente chega.

– Ok.

Dona Judith não gostou muito quando soube, porque já era quase a hora do jantar; mas tudo bem, ela daria um jeito e colocaria mais água no feijão.

Quando Gilson e Adelaide chegaram Just fez questão de contar aos amigos sobre a amizade que fizera com Dona Hilda.

– Que graça de senhora, vocês precisam ver. Muito culta, e me tratou como se eu fosse um adulto.

Adelaide e Gilson tentaram não emitir opinião; na verdade, não se interessaram muito. Questionavam internamente o porquê de Just ficar tão contente por conversar com uma senhora. Não tinha nada a ver com eles. Cada uma que esse Just fazia... Não dava para entender. Mas Adelaide, indignada, não se conteve:

– Quando quisemos apresentar a Meire, que é da nossa idade, você fez pouco caso! E agora, ao conhecer uma senhora, você fica feliz!? Não. Definitivamente não dá para entender você, Just.

– Gente, é diferente. Quando vocês quiseram me apresentar essa menina, foi o dia em que eu discuti com aquele que se diz professor de matemática.

– Não, Just. Ele não "se diz" professor de matemática. Ele é. O nosso colégio não contrataria alguém sem formação específica para nos ensinar. Acorda, cara. – Revidou Gilson.

– Ah, tá. Vocês não entendem. E como vocês mesmos sempre dizem, não vamos falar de estudos durante a curtição. Vamos para a sala ver o filme, senão fica tarde e não vai dar tempo de assistir.

Ninguém conseguia entender o porquê de tanta implicância com o professor Hélio. *Matemática é uma disciplina difícil mesmo, requer muito raciocínio e boa vontade. Sem boa vontade e disposição para a reflexão não é possível aprender matemática, e se tiver implicância com o professor, ficará mais difícil ainda*. Gilson pensava com seus botões e se preocupava com essa implicância de Just para com o professor de matemática, tinha até vontade de conversar com Just, e tentar fazer seu amigo compreender que não seria com essa raiva do professor que ele conseguiria aprender alguma coisa, mas Gilson sabia que o combinado era não falar de estudos durante a curtição – e achou melhor ficar quieto.

E os exercícios de matemática de Just, mais um dia, ficaram em terceiro plano.

* * *

Roberto é obstinado. Não desiste de ser sensato, esperto e meticuloso. Não é à toa que atingiu um status de honra e admiração entre todos os que o conhecem em sua profissão. Ele ainda haveria de decifrar o enigma que era aquele nome "Just". A questão era não ir com muita sede ao pote e adentrar naquele trabalho com cautela. A princípio se hospedaria em algum lugar agradável para descansar e, sentindo-se repousado, poderia refletir melhor para ordenar os próximos passos. Cidade grande, ele não conhecia muitos hotéis em São Paulo; havia inúmeros, mas ele queria um que fosse de confiança, familiar e com preço acessível. Não procurava luxo, afinal nem teria tempo para piscina, academia, sala para leitura, wi-fi gratuito, estacionamento e tudo o mais que os grandes hotéis costumam oferecer. Ele queria algo simples, mas na certeza de que o hotel não era usado para encontros amorosos. Desejava um hotel de negócios lícitos ou puramente familiar. E o bairro? No centro, perto da "Cracolândia", não. Ele não gostaria de ficar perto desse ambiente. Queria algo mais salutar para as ideias. Foi quando então achou melhor perguntar para um transeunte o que ele indicaria:

– Rapaz! Por favor, você mora nesta cidade?

– Sim. Posso ajudar?

– Preciso que me indique um hotel com preço acessível e que seja familiar.

Lucas ficou pensando em o que queria dizer "acessível" e o que dizer da palavra familiar. Família era algo que ele nunca teve a chance de conhecer, diziam que existia, mas para ele era como uma história de ficção. Ele queria muito ajudar aquele senhor, afinal tinha saído de um assalto no armazém sentindo-se mais leve do que das outras vezes. Lá no armazém teve um rapazinho que o fez sentir-se diferente e ele saiu de lá mais suave, com vontade de ajudar; e foi nesse momento que Roberto lhe pediu ajuda, mas infelizmente ele não sabia como ajudar. Lucas nem respondeu, abaixou a cabeça e seguiu pensativo. Roberto, por sua vez, ficou intrigado com a reação daquele menino que a princípio parecia tão solícito e, de repente, deixou-o falando sozinho. *Gente doida nessa cidade, parece que tem aos montes.* Roberto pensou e seguiu caminhando até que encontrou um hotel relativamente bom, que oferecia café da manhã, cuja beleza era inegável. Ficava no centro da cidade de São Paulo, na avenida que remetia às músicas *Ronda*, de Paulo Vanzolini, e *Sampa*, de Caetano Veloso. A música *Sampa* é considerada símbolo da cidade, hino de São Paulo. Tanto *Ronda* como *Sampa* falam da Avenida São João e esse hotel, o Cinelândia, tinha essa vantagem de ficar no centro, além de também ser considerado um hotel familiar. Sim. Ficaria hospedado a princípio ali;

e no dia seguinte, se achasse que não valeria a pena, trocaria de hotel, sem problema algum.

* * *

Naquele dia Just se levantara com uma disposição diferente. Era nítida, não somente para ele, mas para todos que conviviam com ele, a mudança de seu astral para melhor, após ter começado a visitar Dona Hilda uma vez por semana. Quando ele não a visitava, parecia que algo faltava, era como se escasseasse um pouco de sua energia e Dona Hilda uma vez o alertara que não deveria deixar sua energia na dependência de outra pessoa. Ela sempre lhe oferecia conselhos bons, era dona de um conhecimento inquestionável e o melhor de tudo era que, mesmo com toda a sua sabedoria, conversava com Just de igual para igual. Quando Just estava com ela, além de não sentir o tempo passar, ele sentia que pareciam ter a mesma idade e o mesmo conhecimento. Ela não deixava que o conhecimento dela sufocasse as colocações dele. Muito pelo contrário. Ela o instigava a conversar e se importava com todos os questionamentos, refletia junto com ele, até chegarem atrelados a uma opinião baseada em fatos. Ela não impunha a opinião dela de forma alguma e muitas vezes acabavam por chegar à conclusão que a opinião dela, antes das reflexões, era duvidosa naquele quesito. E lembrando-se de tudo isso, Just decidiu que seria cada vez mais afoito pela vida e que procuraria não deixar a peteca cair quando tivesse uma atividade, uma tarefa ou um desafio pela frente. Sim, ele acordou revigorado e disposto a começar a tirar os problemas da frente, e não os empurrar para debaixo do tapete, como muita gente faz, mas tentar resolvê-los como gomos de mexerica, um a um, com calma e usufruindo de cada gomo, até consumir toda a fruta.

Começarei por tentar conhecer o filho de Dona Emengarda. Vou aproveitar hoje que Dona Hilda tem um seminário para ir, e vou à casa da Dona Emengarda. Espero que esse cara seja ao menos educado.

* * *

Nossa! Just se assustou ao ouvir o som forte daquela campainha. O sol também era forte e o suor escorria por todo seu rosto vermelho. Seu corpo parecia em brasa. Se imaginasse que o dia seria tão quente assim, teria colocado uma bermuda larga como sempre gostou de usar, mas não, achou que tinha que usar roupas do tamanho certo para impressionar o filho de Dona Emengarda, só porque o rapaz era mais velho que ele. Não se deu bem com o manequim escolhido para aquele dia, não. Just derretia usando sapatos fechados e meias, os pés pareciam duas bolas presas inflando a cada instante. A calça esporte fino e a camisa de flanela faziam seu corpo ficar todo molhado como quem saiu do banho e vestiu-se sem se enxugar. Esse conjunto era o único que ele tinha no seu número correto, já que sempre vestia números maiores. Ele queria que o filho de Dona Emengarda o admirasse à primeira vista, o que não colaborou muito, visto que era verão e flanela não combina nada com essa estação.

Mais uma vez Just apertou o botão da campainha e ninguém atendeu. Mas ele não desistiria; no que dependesse dele, faria amizade com esse rapaz ainda hoje, nem que tivesse que se sentar na calçada e esperar por alguém. Foi o que acabou por fazer. Cerca de duas ou três horas depois, ele já quase desistindo, surge na esquina vindo em direção à casa de Dona Emengarda, uma senhora – e, pela descrição dada pelo Mineirinho, só podia ser a própria, chegando do mercado. Sim, Just sabia até de onde ela vinha; o Mineirinho descreveu toda a agenda dela com riqueza de detalhes, até de horários. Just pensou exatamente isso e sorriu sozinho, levantando-se e correndo ao encontro dela, oferecendo-se para carregar as sacolas. A princípio ela recusou ajuda, mas como o garoto insistiu, ela acabou aceitando. Ele achou bem exagerado o peso daquelas sacolas e questionou consigo mesmo como aquela senhora conseguia levar aquele peso sozinha. Que tipo de filho era esse moço que não a ajudava nem nesse quesito? Será que ele estava estudando ou trabalhando e por isso não estava ali? Segundo Dona Hilda, não podemos julgar mal as pessoas antes de saber ao certo o que acontece, sendo assim, Just pensou que o rapaz certamente deveria estar em uma atividade importante para não estar ali ajudando a mãe.

Chegando ao portão, Dona Emengarda agradeceu muito e Just foi rápido na iniciativa de pedir um copo com água; estava com sede, mas a finalidade maior era estreitar o contato para chegar até o filho dela. Mas Dona Emengarda é esperta e sabe que não pode deixar estranhos irem entrando em casa, mesmo se tratando de um rapaz simpático e bem vestido.

– Nesse sol quente só um copo de água não satisfaz, espere que buscarei uma jarra com água fresca.

– Obrigado.

Just ficou esperando no portão. Ao mesmo tempo em que pensava não ter se aproximado como desejava, discorria estar no caminho certo, já que ao menos com a mãe do rapaz ele já tinha estabelecido contato, sem contar que o filho dela poderia chegar da escola, do trabalho, ou de onde estivesse a qualquer momento, quando então poderiam fazer amizade. A amizade entre ele e a família teria início naquele portão... Discorria nessa linha de raciocínio quando Dona Emengarda apontou com duas jarras, uma de água e outra de limonada, e dois copos nas mãos gritando algo, em tom firme e bravo, como:

– Espere!

Aquela água saltou aos seus olhos como se fossem brilhantes ou mina de ouro. Just sentia-se desidratado, a sede era tão grande que dos lábios secos brotaram aftas ardentes, mas ficou desapontado e desconcertado com o grito de Dona Emengarda mandando-o esperar, como se ele estivesse apressando-a. Ele estava quieto, jamais a apressaria, nem teria esse direito, mas ela também não tinha o direito de gritar com ele. Se ele não estivesse tão necessitado de se hidratar nem beberia daquela água. Se levar a água para ele ao portão estava sendo tão incômodo, por que ela simplesmente não disse que não tinha água para servir? Seria menos constrangedor...

– Ai, ai... Não consigo dar atenção para mais de um ao mesmo tempo, menino.

– Senhora, desculpe o incômodo, não sabia que estava tão ocupada – disse Just, ingerindo todo o líquido do copo em um único gole. Dois motivos o aceleraram para agir assim: a situação desconfortante em que se encontrava depois daquela senhora ter gritado com ele, e a sede que era muito grande. Ele nunca havia sentido uma sede como aquela.

– Que incômodo!? Você me ajudou! Como pode achar que está me incomodando, menino? São poucas as pessoas que prestam serviço ao próximo, assim como você fez. Foi meu filho que viu que eu estava fazendo uma limonada geladinha para você e quis que eu levasse para ele primeiro. Eu disse para ele esperar. Afinal ele está protegido desse sol quente e você não. Não custa ele esperar um pouquinho, não acha? Quer mais um pouquinho? – Dona Emengarda já inclinava a jarra para colocar mais limonada no copo de Just, quando ambos ouviram o chamado lá de dentro:

– Mãe! Mãe! Manhêêêêê!

Dona Emengarda ficou desconcertada. Era evidente a falta de educação misturada com a falta de compromisso e egoísmo que imperavam no comportamento do filho. A sorte é que Just mais uma vez foi ligeiro no raciocínio e disse:

– Que legal! A senhora tem um filho! Se ele tiver minha idade ou idade próxima, poderei fazer amizade com ele, eu gosto muito de fazer amigos! – Just foi direto ao ponto sem rodeios e em seu pensamento o que vinha era: *A hora é agora!*

Com a pressão do rapaz para o rápido atendimento, aquela senhora sentiu-se encurralada e respondeu sem pensar:

– Será um prazer, eu agradeço muito sua gentileza, mas hoje estou com um pouco de pressa, com coisas para fazer. Volte outro dia e conversaremos. Pode ser? – Dona Emengarda fez aquela pergunta já fechando o portão, pegando a jarra e os copos e dirigindo o corpo para a direção do interior da casa.

Sem alternativa, Just consentiu e disse que voltaria no mesmo horário no dia seguinte.

* * *

Um dia de sol quente e, no outro, essa chuva torrencial. Como farei para ir até a casa de Dona Emengarda chovendo dessa forma? Nem guarda-chuva protege. Assim olhava pela janela de seu quarto, quando se levantou no dia seguinte. *Desta forma, quando terminarei essa empreitada? Está difícil!* Just desceu as escadas na dúvida de qual rumo tomar naquele dia. Foi quando se deparou com sua mãe terminando de esquentar o leite e servindo seu pai à mesa.

– Venha tomar seu café, meu filho.

Just foi até a cozinha, sentou-se e fez seu sanduíche de pão com manteiga, para comê-lo junto com o café com leite que sua mãe havia preparado. Aproveitou aquele momento para conversar com os pais, contar o que ele se propunha a fazer e a dúvida em que se encontrava. Ir ou não debaixo daquela chuva à casa daquela senhora era a questão do momento. Dona Judith, mãe de Just, já estava a par dessa nova empreitada do filho. A princípio, quando o Sr. Stanley, pai de Just, relatou a ela a proposta do Mineirinho e as falas de todos na barbearia, incluindo a ponderação de Sr. Orlando, ela quase desceu do salto, mesmo sem usá-los. Censurou e muito a permissão dada pelo Sr. Stanley para que Just fosse em frente com aquele propósito. Ela considerava um risco muito grande a amizade e a influência de um rapaz relapso, podendo interferir nos bons exemplos que eles sempre procuraram passar para o filho.

– Essa gente pode interferir na personalidade do menino, Stanley! Vai saber que tipo de gente é esse tal filho da Dona Emengarda.

– Também pensei nisso, minha princesa. Mas todos na barbearia foram a favor e é o que Just deseja. Não podemos tolher o menino de seu livre-arbítrio e; se fizermos isso, iremos contra os nossos próprios princípios. Sem contar que o Sr. Orlando tem razão. Nosso menino não será tão facilmente influenciado assim. Ele tem bases sólidas de educação e de princípios. Ele é um menino do bem.

Dona Judith, apesar de contrariada, resolveu não criar caso e compreender a posição do marido e do filho. De fato, a educação com bases sólidas de princípios do bem foi passada; e agora era o momento de Just colocar em prática o que tinha aprendido, e o momento de ela respeitar o livre-arbítrio do filho.

Essa conversa entre os pais de Just aconteceu na sequência, logo no dia posterior à discussão na barbearia do Sr. Rubens. O Sr. Stanley só não contou no mesmo dia porque ele mesmo queria digerir a ideia em seu íntimo para depois conversar com a sua querida esposa a quem sempre, carinhosamente, chamou de princesa. O Sr. Stanley não tinha segredos para a esposa e ela tampouco. Ambos se uniram ainda jovens e continuamente partilharam todas as ocorrências da vida em um diálogo saudável, para que chegassem a uma conclusão benéfica em comum e sem discussões. Essa foi a base do relacionamento dos pais de Just desde o namoro, quando Just nem havia sido gerado ainda.

– Chuva nunca foi empecilho para executarmos uma atividade que temos que fazer. Usar a chuva como desculpa é achar que a chuva não é algo saudável, quando na verdade sabemos que a natureza agradece pela chuva e nós dependemos da natureza. Lógico que você vai de guarda-chuva e tomar cuidados. Procure não se encostar em nada, porque a prefeitura hoje em dia não está fazendo as manutenções necessárias. Até encostar-se nos postes de sinalização está perigoso, vi em uma reportagem ainda hoje, meu filho.

Na verdade, a vontade de Dona Judith era usar a chuva como desculpa e dizer ao menino que ele bem poderia deixar para ir outro dia, sem chuva, assim protelaria esse encontro. Mas ela era bem sensata e sabia que não adiantaria nada agir assim.

– É, mamãe, pensei em deixar para ir outro dia, sem chuva, mas se é assim, acho que irei hoje mesmo. O que acha, papai?

Sr. Stanley viu ali uma oportunidade de prolongar essa feita mais um pouquinho, mas ele também era sensato e tinha total consciência de que nada adiantaria atrasar o andamento de uma tarefa na vida de seu filho, então respondeu com poucas palavras:

– Ouviu sua mãe. Faça o que achar correto.

Just terminou o café, procurou uma roupa mais confortável e estilosa para colocar, mas com essa mania de sempre vestir-se com roupas maiores, não tinha nenhuma estilosa. Como ser estiloso vestindo roupas largas? A única roupa de número exato era a que colocara no dia anterior, mas depois do sol que enfrentou com a camisa de flanela, sentado na calçada, suando daquela forma, o odor não estava nada agradável, o que certamente espantaria qualquer um. Não! Decididamente aquela camisa de flanela não seria possível vestir. Fez uma bagunça enorme em seu guarda-roupas. Por mais que ele separasse seus brinquedos, livros e roupas, parece que todos tinham vida própria e se misturavam quando o guarda-roupas estava fechado, porque toda vez que ele abria o armário para procurar algo, raramente encontrava. Tinha mesmo era que retirar metade das coisas de dentro para poder encontrar algo. *Por que será?*

Por que será? Era o que ele perguntava a si mesmo toda vez que procurava por algo. *Quer saber? Vou colocar uma calça jeans e uma camiseta, vestir o par de tênis, guardar o guarda-chuva na mochila e caminhar até lá carregando a mochila. Não gosto de carregar guarda-chuva, dentro da mochila é melhor.* Assim ele definiu a roupa a ser vestida para o dia em que finalmente conheceria o filho de Dona Emengarda.

A garoa era fina. Com a demora em trajar-se, a chuva havia diminuído bem, a mochila nas costas e a vontade de conhecer o rapaz logo, para dar sequência a sua tarefa, faziam com que ele seguisse rumo à casa de Dona Emengarda animado, apesar da chuva. Levou na mochila um livro para sugerir ao rapaz uma conversa sobre o tema, caso não tivessem assunto nesse primeiro encontro. No caminho, durante todo o percurso, Just foi animado, mas refletindo se deveria dar ou não a mão ao rapaz. Temia o fato de que, ao dar a mão e cumprimentar o rapaz, pudesse acontecer novamente o que ele sempre tentava evitar: interferir no destino a ponto de repercutir na mudança de vida até de alguém que ele nem conhecia, salvando ou não uma vida, mesmo que distante. Se tivesse certeza de que salvaria a vida de alguém, ainda vá lá, mas ele ainda não sabia interferir na consequência de seus cumprimentos de mão; sem contar que, sempre que conseguia salvar alguma vida, a pessoa a quem ele cumprimentara com as mãos ficava coberta de espinhos. *E se isso acontecesse com o filho da Dona Emengarda? E se o rapaz ficasse coberto de espinhos? Colocaria todo o plano dele abaixo de zero. Pioraria a situação. E o que ele alegaria para o pessoal da barbearia que contava tanto com a ajuda positiva dele?* Esses eram os pensamentos que iam passando pela cabeça de Just durante o percurso até o seu destino. Ao chegar, tocou a campainha diversas vezes e mais uma vez aconteceu o que havia sucedido no dia anterior. Ninguém atendeu. Hoje não era possível sentar-se na calçada, pois chovia e ele ficaria todo molhado. Precisou esperar em pé pela chegada de Dona Emengarda, com quem ele havia conseguido fazer amizade – pouca, mas já tinha feito ao menos um contato.

Enquanto esperava, Just já imaginava que o rapaz devia ser bem chato, pedante, antipático ao último. Essa era a impressão inicial que Just estava imaginando sobre o rapaz quando avistou Dona Emengarda virando a esquina com as sacolas novamente em punho.

Parecia cena de filme que se repete: novamente Just vai ao encontro dela e pega as sacolas, após certo tempo em que ela reluta em aceitar, mas acaba aceitando.

– Você novamente por aqui, menino? A que devo a honra? – Dona Emengarda disse isso sorrindo para Just. Ela tinha um sorriso de aconchego, ela sim era simpática e sensível, e Just se perguntava como era possível que, com uma mãe daquela o filho saísse antipático.

– Senhora, eu fiquei de voltar hoje nesse horário para conhecer seu filho. Lembra?

– Sim. Mas com a chuva achei que você deixaria isso para outro dia.

– Comprometi-me com a senhora. Ontem eu disse que viria. Então a chuva não poderia me impedir de cumprir com a minha palavra.

– Nossa! Menino de palavra! Estou gostando de fazer amizade com um menino que honra o que diz. Muito bonito isso.

Dona Emengarda não tinha o hábito de deixar estranhos entrarem em sua casa, mesmo sendo um menino como Just. Sabia que era perigoso e sempre se lembrava do ditado que sua mãe lhe dizia quando criança: "Quem vê cara não vê coração", mas por outro lado também sabia que tinha que honrar a sua palavra de que deixaria o menino conhecer seu filho; ela se viu em uma arapuca sem tamanho, mas logo achou uma saída que contemplava a segurança da casa e a honra com a palavra, gritando para o interior da casa:

– Pedro, meu filho, venha cá, veja quem está aqui!

Pedro veio correndo feito uma bala. Ele estava lá dentro como no dia anterior, e só não atendeu nos dois dias porque estava dormindo e não escutou o som da campainha que mais parecia um berrante. Dona Emengarda havia colocado aquela sineta gritante justamente porque Pedro dormia até tarde e não escutava as campainhas, mas nem com o berrante ele acordava. Quando Dona Emengarda gritou dizendo que havia alguém lá fora, para ele ir até lá, ele já havia acordado e foi rapidinho até o portão de entrada da casa, pensando que era a Meire. Pedro apaixonou-se por Meire, a aluna que veio de Lagarto, no Sergipe. Mas a menina nunca deu bola para ele, porque ele era bem mais velho que ela, e tanto o pai como a avó já haviam alertado Meire e suas irmãs que os rapazes das cidades grandes, como São Paulo, não são confiáveis; então, nada de namorico com rapazes mais velhos. Pedro cursava a mesma escola, mas estava no último ano do ensino médio. O rapaz já estava com dezoito anos, havia repetido alguns anos no ensino fundamental e por isso ainda estava cursando o mesmo colégio.

Pedro era um rapaz calado, loiro, alto e com olhos azuis. Apesar de a descrição parecer a de um rapaz bonito, ele não era lá muito atraente para os padrões esperados na juventude. Pedro sabia que não era belo e que as espinhas pioravam ainda mais a sua situação, mas, até o dia em que conheceu Meire, isso não lhe atingia em nada. Ele só passou a ter um pouco de vaidade quando conheceu a garota. Então ele até começou a ouvir os conselhos de Dona Emengarda, quando dizia que se espremesse as espinhas do rosto ficaria com buracos na pele para a vida toda:

– O melhor meu filho, é não mexer. Por mais feia que a espinha esteja, ela irá embora e você ficará. Se não espremer, ela não deixará marcas, mas se a apertar, quando ela for embora, ela deixará um buraco no seu rosto, como se fosse uma vingança.

Pedro sempre se lembrava disso nos momentos em que tinha vontade de apertar as espinhas e não as apertava de jeito nenhum. Ele não queria buracos no rosto para a vida toda. Mas só ele sabia como era difícil se conter e não espremê-las.

Quando Pedro chegou ao portão e deu de cara com um garoto desconhecido, não conseguiu disfarçar em seu semblante a decepção.

– Mãe! Eu não o conheço.

– Eu sei, meu filho. Mas é um garoto que parece ser bem-educado e tem vontade de fazer amizade. Ele disse que gostaria de conhecer você.

– Meu Deus! O que é isso agora!? Fala, garoto. Pronto, conheceu.

Convenhamos que de fato era algo inusitado. E Pedro ficou tão decepcionado, sem entender nada do que estava acontecendo, que falou isso, virou as costas e entrou em casa novamente.

Dona Emengarda ficou estática, sem saber o que fazer ou dizer, e Just, que provavelmente estaria desapontado, teve uma reação surpreendente, um raciocínio lógico, e naquele momento percebeu que o caminho escolhido para conhecer Pedro não tinha sido o melhor; mas já que ele havia começado por essa abertura, aproveitou o livro que tinha trazido, sacou da mochila e disse para Dona Emengarda:

– Eu entendo a reação dele e entendo a senhora, mas gostaria de fazer amizades, então deixarei este livro aqui, para que se possível a senhora e ele leiam, comentem a respeito, e depois poderíamos marcar um dia em uma padaria, na praça, onde acharem melhor e então conversaremos nós três sobre a leitura. Tudo bem?

Dona Emengarda abancou o livro em suas mãos e leu em voz alta:

– "Lição de Vida", autora Márcia Pitta.

– Sim senhora, o título é esse, mas não é um livro que tenta dar lições de moral, não. Pode ficar sossegada. Ah, e vocês poderão sugerir outra leitura de outro autor, quando nos encontrarmos. No verso da capa coloquei meu nome e meu Whatsapp. Ficarei no aguardo da ligação de vocês. Se não gostarem da leitura ou se não quiserem ler, poderão ligar da mesma forma, tudo bem? – Just fez esses comentários e sorriu.

Dona Emengarda consentiu com a cabeça de forma pensativa e assim se despediram.

***

Lucas já havia entendido que para sobreviver naquele lugar deveria ter sempre a mentira como base. Não era tudo que poderia contar, nem para todos. As gorjetas que recebia, com seus lances de ajuda que oferecia aos transeuntes, e os trocados no farol, eram toda sua renda, tudo o que tinha para sobrevivência diária, sua e de sua mãe. Mas sua mãe era o seu maior atraso de vida quando o assunto era dinheiro. Tudo o que ele recebia tinha que entregar para ela de imediato, e ela nem esperava o final do dia para contabilizar; ficava a certa distância observando o que ele recebia no farol, e assim que os carros partiam para seus destinos, lá estava ela, ao lado de Lucas para sugá-lo. Embora ele a amasse muito, e justamente por isso também, devido às encrencas em que ela o colocava, ele tinha que fazer algo para evitar que todo o dinheiro fosse parar nas mãos dela. Ela entregava centavo por centavo para o Zecão, e assim recebia as drogas que não conseguia mais ficar sem. As drogas eram mais importantes para ela do que qualquer coisa em sua vida, que dirá um filho que ela nunca quis gerar. Ela achava que Lucas tinha obrigação de trabalhar para ela já que insistira tanto em vir ao mundo.

Lucas, embora fosse um menino ainda, conseguia compreender que aquele comportamento era advindo da ingestão das drogas e que se tratava de uma doença. Considerava a mãe uma pessoa doente e a defendia com unhas e dentes, literalmente, quando um cafetão se aproximava querendo explorá-la. Lucas chegou a apanhar muito nessa vida por ser um garoto que virava onça quando algum homem do mal se aproximava de sua mãe. Eram socos e pontapés que ele arrebentava para todo lado, mas garoto ainda, não tinha tamanho nem malícia para enfrentá-los. Além de apanhar, muitas vezes foi objeto de caçoada e era jogado entre dois ou mais homens como uma bola de basquete; eles riam, falavam alto, bêbados e suando como cavalos sujos, cheirando a esgoto, e falavam uns para os outros algo como "Agarra aí o fortão!", e assim passavam a "bola". Quando colocavam Lucas no chão, o garoto já estava tonto demais para reagir a alguma coisa, mas acabava valendo a pena porque os homens bagunçavam com ele, e não com sua mãe. Até esqueciam-se dela e iam embora cambaleando atrás de pinga, bêbados demais para sustentar uma linha de pensamento coerente que os fizesse lembrar-se de algo ou de alguém. Sim, até nas trevas a mãe é como uma instituição sagrada, mesmo os filhos do beco do mal não admitem que falem mal de suas mães; mesmo que elas não sejam dignas de respeito, eles as respeitam e exigem que os demais as respeitem também. Com Lucas então não poderia ser diferente, ele não era do mal, e tinha em seu instinto a semente do amor puro ao próximo.

O que auxilia e muito, é que as pessoas portadoras da semente do amor puro ao próximo geralmente atraem o mesmo tipo de pessoa para junto de si, mesmo convivendo com incrédulos. Aos poucos o menino Lucas foi fazendo amizades advindas do bem que se mesclavam com as demais amizades do beco. E numa dessas ele topou na calçada com Palin, que vinha correndo para pegar um rodo na venda do Sr. Daniel. Palin havia quebrado o único rodo da casa e queria repor antes que sua irmã Meire chegasse e desse uma baita bronca nele, então pediu para que o sr. Daniel lhe desse um rodo e mandou colocar na conta da avó.

Lucas era mestre em conhecer pessoas assim, topando na calcada. Ele sempre estava com pressa, em um momento por ter feito um arrastão na venda, em outro porque queria pegar o semáforo fechado nos dois sentidos do cruzamento, ou nem sabia ao certo o porquê, mas estava sempre com pressa. E foi em uma dessas pressas da vida que conheceu Palin, que se tornou um amigo; e era com ele que Lucas conseguia se abrir e desabafar como nunca conseguira com ninguém.

Palin era inquieto, gostava muito de brincar, mas quando estava com Lucas, conseguia ficar parado para ouvi-lo e dar a atenção que o menino de rua merecia. Ele só não sabia aconselhá-lo, apenas ouvia o amigo, mas não tinha noção de como poderia ajudar Lucas. Um dia Palin resolveu dar palpite e disse a ele:

– Se sua mãe fica esperando perto dos carros no farol para pegar o dinheiro, você terá que arrumar outro jeito de ganhar dinheiro, um jeito que ela não saiba. Aí você dá o dinheiro do farol para ela, mas o outro não. Deve ter um horário em que ela não esteja com você.

Por que não havia pensado nisso antes? Lógico! Era a melhor saída encontrada. Ele teria que arranjar outra forma de ganhar dinheiro além do farol. Lá era só com a mãe mesmo, porque o horário de ralar no farol era reservado em turnos de trabalho. Os outros períodos eram para outras crianças. Sem contar que o Zecão era quem organizava esses turnos e ele já ficava com uma porcentagem de toda a grana arrecadada, antes mesmo de as crianças darem o dinheiro para suas mães; depois as mães forneceriam para o Zecão a outra parte do dinheiro, em troca de drogas. O dinheiro que ele tomava das crianças ele alegava ser aluguel do espaço. Sim, o espaço era a rua, que é pública, mas vai discutir com um ser desses... as crianças aceitavam a situação e repassavam a porcentagem exigida. Que sina triste a dessas crianças. Mas com Lucas não seria assim, ele sentia que iria agir diferente, ele era diferente. Não sabia ainda como fazer, mas algo aconteceria para mudar aquela situação. Pensou em arrumar emprego na venda, mas Sr. Daniel não o admitiu:

– Menino, eu compreendo sua situação, mas veja a minha situação nessa conjuntura, você vive aqui fazendo arrastão e tem coragem de vir pedir emprego? Muita cara de pau a sua, não acha?

O menino não tinha nem como argumentar, o dono da venda tinha razão, sem contar que seja lá o que fizesse, teria que ter muito cuidado para que Zecão não soubesse, caso contrário ele acharia um jeito de limpar o seu bolso. Foi entre um desses pensamentos que Lucas decidiu falar novamente com Palin e indagar se o amigo tinha uma ideia para compartilhar sobre o que ele poderia fazer.

Palin foi logo dizendo:

– *Freelancer*. Ouvi uma vez minha irmã falar que uma amiga dela faz esse tipo de trabalho, aí eu perguntei o que era e ela explicou que é um termo em inglês usado para pessoas que trabalham por conta própria.

– Como assim?

– Você não encontrará emprego, Lucas. Não sabe nem ler, nunca foi à escola estudar. Quem lhe dará emprego?

– Então não tem solução para meu problema? – Lucas lançou a questão ao amigo, completamente desapontado, quase chorando.

– Não, meu amigo, não é isso. Tem solução sim. Minha avó sempre diz para a gente que tudo na vida tem solução, que precisamos colocar os miolos para funcionar.

– Miolos...

– Calma, Lucas. A ideia é a seguinte: primeiro pense no que você sabe fazer, qualquer coisa que saiba fazer. O que você sabe?

– Carregar sacolas?

– Isso! Corretíssimo! Fique nas portas dos supermercados e se ofereça para carregar as sacolas das moças e senhoras até a casa delas, então elas lhe darão alguma gorjeta. Você trabalhará por sua conta, isso é ser "freelancer".

Lucas sentiu-se revigorado, animado e supercontente com a nova empreitada. Agora sim sua vida começaria a ter sentido, ao menos ele e sua mãe teriam dinheiro para comer o básico para a sobrevivência. No entanto, é aí que entrava a questão de mentir. Pelo bem de sua mãe, ele não poderia contar a ela que teria outra renda além do que pedia para os carros nos cruzamentos.

– Sim, terá que mentir nesse caso. Minha avó é totalmente contra mentiras, mas no seu caso, não terá outra opção.

Lucas ficou tão feliz que saiu correndo, e além de não falar obrigado ao amigo, nem sequer se despediu. A questão aqui não é ingratidão, nem tampouco maldade ou desprezo pelo amigo. Ao contrário, Lucas estava muito grato e valorizava aquele amigo mais que qualquer outro. Era com Palin que ele dividia todas as suas angústias. Foi Palin quem o ajudou a encontrar uma luz para seu caminho. Luz que seria a base de sua sobrevivência. A questão aqui era a falta de educação mesmo. Lucas não recebeu educação, não lhe foi informado que uma conversa tem que ter um final com despedida. O que é comum para muitos de nós, para ele não era. Onde ele vivia não havia certas etiquetas de comportamento e, para ele, sair correndo naquele momento era a coisa mais natural do mundo. Palin, por sua vez, já conhecia o amigo, sabia que era assim e não levava a mal esse comportamento. Uma vez até tentou explicar para o amigo que deveria ao menos falar até logo ou tchau, mas as palavras que entraram por um ouvido parecem ter saído pelo outro.

* * *

    Roberto amanheceu disposto, e depois que avistou pela janela do hotel aquele céu de cor azul celestial, forte e brilhante, em meio aos arranha-céus constantes em plena Avenida São João, na capital de São Paulo, ele respirou fundo puxando o ar pelas narinas e soltando-o pela boca. Ele sentia-se revigorado. Agradeceu a Deus por estar ali. Por poder ser um em meio a milhões que tivera a oportunidade de conhecer um local tão famoso e que até faz parte de canções consideradas hinos da cidade. Nem se preocupava mais, como no dia anterior, com o perigo da cidade grande, por estar perto ou não da Cracolândia... Ele queria mais era deliciar-se por poder compartilhar da vida e de um lugar como aquele. Se não fosse a poluição e tanta gente necessitada e com fome rondando a rua, aquele lugar seria perfeito para sentar-se e curtir sua próxima matéria.

    Ao lembrar-se da próxima matéria, lembrou-se de Just. Como fazer uma matéria tão delicada assim? Havia muitos entraves, muitas questões estranhas, e o rapaz que era o alvo das atenções, o objetivo da matéria, parece que não desejava colaborar em nada...

    Não era à toa que Roberto era considerado um repórter de prestígio e altamente conceituado no ramo. Roberto não publicava mentiras. Se houvesse uma ponta de dúvida na matéria, ele preferia perder o tempo e o dinheiro gasto, mas nada publicar a respeito. Ele poderia estar riquíssimo com tudo o que já havia trabalhado nessa profissão, mas não. Estava bem financeiramente, é verdade, mas nada além do necessário. Preferia assim a publicar bobagens e iludir seus leitores. Seu sonho era um dia escrever um livro e, além de repórter conceituado, tornar-se um escritor *best-seller*.

– Até às dez, senhor – respondeu o atendente no interfone.

Roberto ligou e perguntou ao recepcionista até que horas o café da manhã era servido no refeitório. Ele tinha direito ao café da manhã, e em um hotel grande assim, deveria ser um "senhor" café. Ao chegar ao refeitório constatou a vastidão de opções: salada de frutas frescas, que pareciam ter sido colhidas na hora, mix de pães, bolos caseiros (de fubá, chocolate, formigueiro, coco, laranja...), ovos mexidos, torradas, panquecas (que pareciam ter sido feitas ali no próprio hotel), queijos frescos (minas, ricota, muçarela, *cream-cheese*, requeijão), geleias, compotas e mel, manteiga de boa qualidade, café, chá, leite, achocolatado, iogurte, cereais, granola e sucos naturais. Roberto nem sabia do que se servir; era muita coisa e ele fez questão de descer no horário limite, perto das dez horas da manhã, para alimentar-se de tudo o que houvesse e assim não precisaria almoçar. O café da manhã já seria o seu almoço.

A princípio ficou até sem graça com tantas opções ali no refeitório, sendo que, se descesse mais um andar e saísse para a rua, encontraria muitas pessoas passando fome. *Muito contraditório tudo isso*, ele pensou, mas logo tirou esse pensamento da cabeça para usufruir do momento, caso contrário perderia toda a fome. *Roberto, Roberto... Você não tem como ajudar o mundo!* Ele pensou assim para poder aproveitar de tudo o que lhe era oferecido. Depois pensaria em como colaborar com os mais necessitados.

Ele atacou as frutas primeiro, e mal dera a primeira garfada, quando o seu celular tocou.

– Não, eu não acredito que tem alguém querendo atrapalhar um momento desses... Alô! – Roberto atendeu com insatisfação por ter sido incomodado naquele momento, e nem se lembrou de olhar quem o chamava, se era alguém de sua agenda ou um número desconhecido.

– Senhor Roberto?

– Quem quer falar?

– Aqui é Adelaide. O senhor tem um tempinho para que eu possa falar das ofertas da operadora?

– Meu Deus! Eu não acredito que interrompi esse momento para falar sobre operadora.

– É uma oferta da operadora, especialmente para o senhor.

– Não estou interessado. Muito obrigado.

– Mas o senhor terá descontos na fatura.

– Querida, desculpe-me, estou tentando ser educado, mas você está sendo insistente. Sei que está fazendo seu trabalho, mas estou sem tempo para isso. Quando eu quiser algo da operadora eu entro em contato, certo? Agora vou desligar. Obrigado. – Roberto respondeu e desligou o telefone sem esperar a reação da moça.

* * *

– Que homem, que ligação, que, que...

– Ai! Gilson, você entendeu?

– Entendi.

– É, mas você tem mania, Adelaide, de começar o assunto pela metade e quem estiver ouvindo que trate de se virar para entender. – Meire advertiu Adelaide e bufou. Não gostava desse comportamento da amiga. Quando Adelaide agia assim, mesmo sem perceber, fazia com que Meire se sentisse burra.

– Mas como o Gilson entendeu? – Adelaide replicou.

Puxando todo o ar para si, Meire respondeu:

– Tá bom, Adelaide, sou burra! – disse ela com muita inquietação e depois soltou todo o ar, como se descarregasse todo o sentimento de injúria que havia contido.

– Não, Meire. Você não é burra. O fato é que eu já estou sabendo do novo emprego que Adelaide arrumou. Nossa amiga agora tem o primeiro emprego, e é em telemarketing. Ela está empolgada e só fala sobre o que acontece lá, como se todos soubessem que ela está trabalhando. – Gilson interveio.

– Sim, Meire. Você não é burra e o Gilson tem razão. É meu primeiro emprego, então quero compartilhar tudo o que acontece lá. Não tinha visto você ainda. Não coloquei no grupo do Whatsapp, não quero que aquela turma coloque olho gordo no meu emprego. Quando eu passar pelo tempo de experiência, aí coloco no grupo. No entanto, acho que você deveria ser um pouquinho mais antenada. Se liga, né amiga!?

– Ok. Vou me ligar e ser realmente sua amiga dizendo: "Adelaide! Vá estudar!".

Adelaide olhou para Gilson e para Meire com cara de quem não entendeu nada, e então Meire continuou:

– Telemarketing como primeiro emprego pode até ser bom para adquirir certa experiência, mas não dá futuro para ninguém, a não ser que você se aprofunde na área fazendo um estudo profissional, como rádio e TV ou coisas do gênero. Só ficar nessa de telefonar e tentar vender... Não é meio de vida para ninguém. – Meire balançava a cabeça negativamente reforçando o que dizia com os gestos para ver se colocava um pouco de juízo na cabeça de Adelaide, que achava que sem estudo poderia se dar bem.

Adelaide respondeu de pronto:

– É, já percebi. Em noventa e nove por cento das ligações eu ouço um "não" como resposta. Já ouvi tanto "Não tenho interesse" que penso em mudar minha fala e começar dizendo: "Sei que não tem interesse, mas...".

– Faça isso para ver se consegue alguma coisa. – Gilson retrucou, mas Adelaide logo explicou que não seria possível:

– Não posso. A fala é fornecida para nós. É um texto impresso, previamente estudado, para nós lermos quando a pessoa atende o telefone. O texto tem que ser lido na íntegra, independente da resposta ou de qualquer reação do ouvinte, tem que ser seguido daquele jeitinho, e é por isso que as pessoas comentam que têm a impressão de que falam com robôs quando atendem alguém do telemarketing. As pessoas se irritam, mas nós não temos culpa. Só estamos cumprindo ordens. Não podemos mudar nada.

– Que horror! E sou eu quem tem que ser mais ligada, Adelaide!? Se liga você, amiga. Você é inteligente e não vai querer fazer carreira como um robô tendo a opção de estudar, vai?

– Alto lá, Meire. A Adelaide parece ser meio desmiolada, mas telemarketing, ao contrário do que você e muita gente pensa, é um trabalho sério, e em geral eles contratam pessoas que já possuem o segundo grau completo. É preciso ser uma pessoa esperta, que tenha desembaraço e boa fala, e a Adelaide teve sorte por conseguir esse emprego antes de concluir o ensino médio. A tia do Just foi quem a indicou para essa função, por ela ser bem esperta e ter uma fala bem convincente, e digo mais... – Gilson respirou e prosseguiu com a fala: – Calma, gente! Essas falas de vocês não estão agradando a nenhuma das duas. Será que não percebem?

– Percebo, Gilson, mas faz anos que aguento a Adelaide com indiretas, fazendo com que eu me sinta uma tonta.

– Ela não faz por mal, Meire. É o jeito dela.

– É meu jeito. Sabe que hoje pela manhã o homem desligou o telefone na minha cara? Não esperou minha resposta. Ele foi educado ao responder, não posso negar, mas ao terminar de falar ele desligou o telefone, sem me dar chance para mais nada. Magoei.

Os três, inclusive Adelaide, riram do bico que Adelaide fez ao expressar a sua mágoa.

* * *

Ele só observava a luz do abajur sobre a cômoda da sala, perto da janela. Dava um toque fino ao ambiente. A luz do luar, refletida através do vidro da varanda, batia no móvel que parecia receber vida com aquela energia da lua, e consequentemente essa energia era transpassada para ele, que ali estava sentado na poltrona da sala após o jantar, corrigindo os maços de provas que fora obrigado a aplicar aos seus alunos.

Hélio amava sua profissão. Desde muito garoto já dava aulas sem saber que o que fazia era uma profissão. Gostava de reunir os coleguinhas de classe em casa, após a aula. A mãe dele fazia um suco com frutas frescas colhidas em seu próprio quintal, coisa muito difícil na capital, mas Hélio teve esse presente de Deus que, com a ajuda da mãe, conseguia compartilhar com os amiguinhos. Geralmente eram os amiguinhos com dificuldade em matemática que Hélio chamava para brincar em sua casa à tarde e lá, tomando suco, sem que eles percebessem, sentados na varanda, achando que estavam apenas brincando, iam absorvendo conceitos básicos de matemática. Aos poucos, Hélio ia passando para os amiguinhos as bases de reflexões e raciocínios exatos que a matemática contém.

Nesse dia, com uma lua convidativa a reflexões, Hélio refletia sobre por que, mesmo sendo a matemática tão interessante, havia tantos alunos que repudiavam uma matéria tão importante. O que ele poderia fazer para ajudá-los? Havia alguns alunos que transferiam a raiva da matemática para o professor, como se ele fosse o culpado por eles não conseguirem compreender os raciocínios que a matemática exige. Estava divagando em pensamentos quando sua mãe apareceu na sala e acendeu a luz do ambiente:

– Filho, forçando a vista novamente. Já falei para você não corrigir provas no escuro. É tarde. Não vai dormir?

– Mãe, você sabe que não vou dormir enquanto não concluir a correção das provas. Ah, e aqui não está tão escuro assim, a lua hoje parece ter a claridade do sol.

– Verdade, querido. A lua está tão linda que você deveria estar declamando poemas para sua namorada, e não aqui preso a raciocínios lógicos.

– Mãe, eu gosto realmente da Bel, mas não sou do tipo romântico. Minha área é a das ciências exatas, e não humanas.

– Sim, sua área de profissão escolhida foi a de exatas e não humanas, como você acaba de afirmar, mas isso não faz de você uma pessoa que só entende de cálculos.

– Ai, mãe.

– Ai o quê meu filho? O que dói? Perceber que você também é humano?

– Como assim?

– Também existe poesia na matemática, assim como existe a lógica nos sentimentos, basta que observemos um pouco mais cada atitude, cada proposta e cada sentimento. Ou para raciocinar não temos sentimentos?

– Lógico que temos mãe. No momento do raciocínio é preciso ter um sentimento de estabilidade emocional para não se abalar com as divergências de hipóteses e conseguir sem medo atingir o raciocínio correto.

– E você acha que uma pessoa capaz de não ter medo de raciocinar, capaz de ter estabilidade emocional não saberia interpretar as divergências de um poema?

– Não sei...

– Pense nisso, meu querido. É tudo vida!

***

Mais uma vez Lucas, correndo pela rua, bateu de ombros com um menino que parecia assustado, mas tentava demonstrar o contrário.

– Opa! O que é cara!?

– Nada, meu. – Lucas logo se defendeu.

– Você não olha por onde anda não, é?

– Cara, qual é, meu? Você parece perdido aqui.

– Não tô. Tá me perseguindo, é? – indagou o menino.

Lucas por sua vez, esperto e vivido no assunto, percebeu logo que era um dependente de drogas, pois um dos sinais de um drogado é a sensação de estar sendo perseguido; sem contar que o menino tinha a pupila dilatada, outro sinal de um usuário de drogas. Foi logo dizendo:

– Cara! Eu não sei nem quem é você, como iria te perseguir? Sai dessa, meu!

– Sou Maurinho, vim do interior e tô na fissura precisando de um barrufo* pelo menos. Você tem como aliviar e arrumar o bagulho para mim?

– Cara, sai dessa. Isso não vai te aliviar. É só o momento, tá ligado? – Lucas tentou advertir o rapaz.

– De onde vim já tinha muita gente querendo me dar moral, era Marilu, era Julinho, era todo mundo dizendo o que era certo ou não. Já estou crescidinho cara, você não vai bancar o babaca comigo, vai?

– Só sei que você deve pegar suas coisas e picar a mula tá ligado? – Lucas saiu dali pensativo. Virou as costas e deixou o menino lá. Não adiantava, ele não o ouvia. Lucas já estava com cerca de dezesseis anos, já tinha passado por coisas que muitos adultos sequer sonharam em passar, mas nunca perdeu a esperança de um dia melhor. Guardava sempre na lembrança o abraço que recebera uma vez no armazém, bem no meio do arrastão que ele estava fazendo. O menino foi roubado e ainda lhe deu um sorriso, e fechou com um abraço. Sim, ainda dava para ter esperança em um dia melhor. Se existia aquele menino, existiam pessoas boas sim. Refletia consigo mesmo

---

* Trago de cigarro de maconha.

em como havia pessoas que cresciam tendo de tudo e ainda se enveredavam pelo caminho das drogas. Esse tal de Maurinho mesmo, como ter paciência com um cara desses? Veio do interior, tinha amigos, tinha dinheiro, o que veio fazer na boca dos arranha-céus? Não tinha como entender... Ele que não iria apresentar o Zecão para o garoto, não.

Maurinho foi resmungando para o outro lado da calçada, dizendo que encontraria alguém que o ajudaria. Lucas, vivido como era, apesar de ter apenas dezesseis anos cronologicamente, somente gritou para o garoto do outro lado da rua:

– Se quer alguém que lhe ajude, não é aqui que vai encontrar quem lhe fornecer bagulho, "véio".

Lucas, com sua vivência, já podia prever e fazer uma projeção de Maurinho no futuro: "Sem futuro". Estava tão indignado com o menino... Continuou caminhando até que chegou ao cantinho que ele arrumara para morar com sua mãe. Não era lá essas coisas, não dava para chamar de lar, era apenas um cômodo com cinco metros quadrados de espaço e duas pessoas que ainda não conseguiam ter uma linha conjunta de pensamentos de união com amor. Sua mãe era uma pessoa muito difícil.

O banheiro ficava no corredor, era comunitário para outros moradores também, mas tinha até chuveiro. Ao menos agora já tinha para onde voltar e não ouvir gritarias, a não ser quando sua mãe levava aqueles homens bêbados para lá, mas isso ele não conseguia evitar. Quando a mãe se drogava, ela não o ouvia. Na verdade, sua mãe nunca o ouvia, mas quando estava sob o efeito das drogas, a situação era bem pior e era melhor ele não enfrentá-la.

Quando Lucas aceitou a sugestão de seu amigo Palin e começou a fazer o que sabia, passou a aproveitar as manhãs enquanto a mãe dormia para ir às portas dos supermercados e oferecer sua ajuda para carregar as sacolas; fazia aquilo com tanta boa vontade que seu negócio começou a prosperar. Ele não sabia, mas deu certo porque fazia com o coração, fazia com amor aquilo que oferecia. Esse era o segredo. Outros meninos já tinham tentado isso e não tinha dado certo, mas com ele não. Até frutas ele ganhava e levava para comê-las com sua mãe. Ele dizia para a mãe que havia pegado no chão, que as frutas tinham caído do caminhão, coisas assim. Isso era o que menos importava, o que importava é que agora eles tinham alimento em casa e podiam comer frutas e legumes.

Além das frutas e legumes, ele ganhava uma gorjeta em dinheiro que as pessoas lhe entregavam pelos bons serviços prestados. Havia semana que ganhava até pedaço de carne. Ganhou de tudo um pouco, era um pacote de macarrão ou um litro de leite. Ganhou ovos... Ele conseguia suprir as necessidades básicas alimentares apenas com o que ganhava dos clientes, sem mexer nas gorjetas. E foi assim, juntando as gorjetas, que conseguiu se mudar com a mãe para uma quitinete de um dos prédios ocupados pelo MST, o Movimento dos Trabalhadores Sem Terra. O prédio ficava em uma travessa da Avenida São João e era pequeno, não tinha muita gente naquele lugar, os policiais nem tinham percebido ainda aquela ocupação, sem contar que não pertencia à área de domínio do Zecão, e só por isso já valia a pena. Havia um outro cara que dominava o pedaço e cobrava aluguel pela ocupação. O dinheiro das gorjetas ia todo para esse aluguel, mas ao menos era um local mais seguro para ele e sua mãe. Ele se sentia responsável por ela, e não ela por ele; talvez por ser homem, tivesse a sensação de ter que protegê-la. Desde pequeno foi assim. Ele nunca tentou entender o porquê de tudo isso.

Agora ele já estava ficando rapaz, praticamente um homem, e logo não conseguiria mais ajudar a carregar as sacolas. As pessoas aceitavam a ajuda dele por ser ainda garoto. Ficavam com dó e por isso acabavam fazendo doações. Mas agora que já estava ficando mocinho, a situação iria se agravar. As pessoas já começavam a olhá-lo diferente. Não era mais o menino, a criança que oferecia ajuda; aos olhos das pessoas desconhecidas, ele era um vagabundo que não queria trabalhar e, ao se aproximar, logo elas ficavam com medo de ser um assalto. Quando doavam um trocado, era mais por medo e não por admiração como antes. Isso ele não queria. Não queria que as pessoas tivessem medo dele. Ele procurava estar sempre limpo e arrumado, mas mesmo assim... E o olhar das pessoas em sua direção, se não era de medo, era de desprezo. Não! Isso ele não queria para ele. Ele tinha que arranjar outra saída para essa situação, e rápido. Logo ele não teria mais o dinheiro das gorjetas suficiente para o aluguel e tampouco os alimentos doados para suprir as necessidades básicas dele e de sua mãe.

* * *

Ele não sabia explicar o porquê, mas aquele dia acordou sem ânimo, uma sensação de desgosto, nada que ele, mesmo passando por tudo o que já havia passado na vida, se lembrava de ter sentido; não passara por algo parecido jamais. Aquele dia foi bem pesado em termos de sentimento, sim, em termos de sentimento, porque o dia na verdade foi calmo, nada havia acontecido de diferente. Um dia apagado, se é que dá para entender. Daqueles em que não há tumulto, não há surpresas, não há tristezas, mas também não há alegrias. Assim Lucas concluiu aquela quarta-feira. Resolveu ir um pouco mais cedo para casa para ver se aquela angústia passava. Uma angústia que ele mesmo sabia que não tinha razão. Seguiu para casa e, ao abrir a porta, já deu de cara com a cena de sua mãe largada no chão, desfalecida. Essa cena para ele era casual, sem grandes novidades. Ele nem sabia mais se deveria se abalar com esse comportamento da mãe. Se ao menos ele tivesse dinheiro para interná-la em uma clínica que curasse as pessoas desse vício, mas não. Ele mal tinha dinheiro para o básico do básico, que diria para o luxo de uma internação. Falou com a mãe como se ela pudesse ouvi-lo:

– Que horror, nem falo mais nada. Já vou fazer alguma coisa para a gente comer. Não quer ir tomar um banho para ajudar?

A mãe não havia criado o hábito de tomar banho, nem depois de ter um banheiro por perto e a possibilidade de um banho refrescante.

Lucas deu uma olhada na caixa de papelão e viu três batatas, e na caixa de isopor havia dois ovos. *Sim, isso é o que temos para hoje*, pensou, mordiscando os lábios. Pegou tudo e teve um raciocínio rápido, o que era comum para ele, já que sempre precisou pensar rápido por uma questão até de sobrevivência.

Havia no canto um fogãozinho daqueles de camping, que eles usavam para aquecer algo, quando precisavam cozinhar. Nele havia duas bocas, mas ele precisou apenas de uma. Ali ele cozinhou as três batatas e as espremeu, colocou as batatas no fogo novamente e acrescentou um pingo de leite que havia em um copo no canto, ao lado do fogão. Aquele leite era o que havia sobrado do que os dois, mãe e filho, tomaram pela manhã; ele aproveitou aquele pouco, misturou um pouco de água e foi mexendo no fogo, junto com as batatas amassadas, e com isso estava quase pronto o seu purê. Mas era para dois, e a quantia parecia ter minguado após ir ao fogo; então, separadamente, bateu a clara dos ovos em neve, misturou as gemas, e colocou tudo junto, batatas e ovos, e assim aumentou a quantidade do que tinham para comer.

Demorou um pouco para que ele terminasse o preparo da comida, mas em todo o tempo, a mãe permaneceu na mesma posição, imóvel.

– Mãe! Está pronto!

A mãe nem sequer olhou para ele. Lucas estava tão agoniado que pensou em não discutir com sua mãe.

– Hoje não vou te paparicar não. A hora que quiser venha pegar. Tá aqui. Eu vou comer e vou dormir.

Assim Lucas fez, comeu a parte que se destinava a ele, deixou a parte da mãe para a hora que ela acordasse, jogou ao chão o colchão que ficava encostado na parede e deitou-se sobre ele, querendo dormir imediatamente. Queria esquecer que aquele dia existiu. Ele já sabia se livrar de todo o mal, mas com esse sentimento ruim de angústia ele não sabia como fazer, era novidade para ele. Estava tão cansado que de fato dormiu rapidinho.

Ao acordar, a angústia continuava, só que agora tinha uma companheira, uma dorzinha de cabeça bem incômoda. Abriu os olhos devagar, esfregando-os, e se deparou com o colchão de sua mãe ainda encostado à parede. Quando virou a cabeça, ele avistou sua mãe ali, estática, ainda na mesma posição. Sumiu todo e qualquer sentimento ou dor anterior, e deu lugar à ansiedade. Saltou para perto da mãe e junto dela percebeu que apenas seu corpo estava no local. A mãe de Lucas tinha morrido, certamente por uma overdose.

Como assim? Lucas pensou. Suas lágrimas corriam pelo rosto, o peito parecia ter fechado, não conseguia nem respirar direito de tanta tristeza. Sua mãe era seu chão. Embora ela nunca tivesse se importado com ele, fazendo-o sofrer demais, ele, ao contrário, não se via na vida sem ela. Ele se preocupava e queria um dia ter condições de proporcionar uma vida melhor para ela. Era como uma obrigação para ele. Meta de vida. Tudo o que ele conseguia, desde pequeno, primeiro era para a mãe e, se sobrasse, ele ficava com um pouco. Agora, o que estava acontecendo? Como?

Lembrou-se de quando ele e Palin pegaram carona com um caminhoneiro e foram conhecer o mar. Olhou aquela imensidão de água, aquele sol, aquele céu azul, uma grande quantidade de areia, e enquanto Palin saiu correndo para banhar-se e aproveitar um pouco daquele momento, Lucas pensava no dia em que ainda levaria sua mãe até lá, e mostraria a ela que a vida era muito mais do que aqueles homens nojentos e aquela droga que o Zecão vendia para ela. Chegou a guardar um tanto de areia em um frasco para levar para sua mãe conhecer a areia do mar. Não, não foi só quando conheceu o mar que pensou em sua mãe. Uma vez, uma de suas clientes do supermercado o convidou para irem à cidade da criança. Ela disse:

– Lucas, meu filho tem sua idade, vou levá-lo à Cidade da Criança, um parque lindo que fica na cidade de São Bernardo do Campo. É um grande parque! Peça para sua mãe, se ela deixar eu levarei você junto com meu filho.

Foi um passeio de fato inesquecível. E entre esses pensamentos... *Sua mãe era nova ainda! Isso era um engano.* Sacudiu a mãe diversas vezes, mas nada conseguiu. Saiu chorando desesperado pelas ruas e nunca mais voltou àquele local.

Cai, cai, balão

"Cai cai balão, cai cai balão
Na rua do sabão
Não Cai não, não cai não, não cai não
Cai aqui na minha mão!

Cai cai balão, cai cai balão
Aqui na minha mão
Não vou lá, não vou lá, não vou lá
Tenho medo de apanhar!"

Era assim que Meire conhecia essa cantiga, mas na quermesse tocaram um pouco diferente, disseram que a letra original, cuja composição era do Assis Valente, era mais ou menos assim:

"Cai, cai, balão! Você não deve de subir
Quem sobe muito, cai depressa sem sentir
A ventania de tua queda vai zombar
Cai, cai, balão! Não deixe o vento te levar

Numa noite de fogueira enviei a São João
O meu sonho de criança num formato de balão
Mas o vento da mentira derrubou sem piedade
O balão de meu destino na cruel realidade."

Meire pensava e refletia, lembrando-se mais uma vez da presepada em que seus amigos, Adelaide e Gilson, a colocaram. Eles falaram tanto que era para ela conhecer o tal amigo Just, que ele era legal, e explicaram que naquele dia em que marcaram encontro na escola ele não esperou porque havia passado por problemas com o professor... e Meire acabou por concordar em ir à quermesse, não por se interessar em conhecer Just, mas porque desejava passear, gostava de maçã do amor, do cheiro da fogueira e das brincadeiras próprias de quermesse, como pescaria e jogos de argolas. Acabou se animando para ir encontrar os amigos.

Adelaide e Gilson estavam em uma correria danada, pois faziam parte da turma que organizou o evento, e embora a festa fosse no pátio da igreja do bairro, parecia que era na casa deles, tamanha a agitação, o nervosismo e a ansiedade que os dois passaram naquela semana até chegar o dia da festa. Nem se lembraram de que aquela semana era a semana de provas também. A sorte é que eram muito espertos e conseguiram notas regulares.

– Meire, quanto mais gente na festa melhor. Leve sua mãe, seus tios e irmãos. – Ambos disseram para a amiga.

Meire os corrigiu, explicando que cada um deve ocupar o lugar certo na vida de cada um. Sua mãe havia falecido e sua avó não era sua mãe. Explicou também que isso não fazia de sua avó alguém menos amada e menos respeitada. De forma alguma. Amava e muito sua avó e a respeitava como merecia. Só achava que seu posto era de avó, e não de mãe. Cada uma no seu lugar. Adelaide e Gilson não discutiram, não queriam esticar essa conversa que para eles pouco importava quem era quem, eles só queriam mesmo era bastante gente na festa e isso que era importante para ambos.

Meire então convidou a todos conforme seus amigos solicitaram, mas sua avó trabalhava muito durante a semana, sendo assim, no final de semana preferia ficar em casa e curtir o seu doce e pequeno lar.

– Godofredo irá com vocês? – perguntou Dona Filó preocupada.

Logo quis saber quem iria com Meire para ver se permitia ou não. Godofredo era o segundo filho de Dona Filó, o mais novo, moço bom, pena que não quis saber de estudar; concluiu o ensino fundamental e achou que já estava de bom tamanho. Por mais que Dona Filó insistisse, nada conseguiu em relação aos estudos dele. O que ajudava era que ele era esperto, tinha bom coração e uma índole inquestionável. Conseguiu provisoriamente um emprego de caixa no supermercado, mas sabia que logo iriam mandá-lo embora por falta dos estudos. Ele estava com dezenove para vinte anos, solteiro e cheio de vontade de conhecer um amor de verdade.

– Sim, vó! Tio God vai. Deixa, vai? – Palin logo se posicionou.

O outro filho de Dona Filó, nessa altura, já estava beirando vinte e dois para vinte e três anos, casou-se logo e foi morar com a sogra, pois engravidou a namorada que era menor de idade. Dona Filó, quando isso aconteceu, ficou muito decepcionada com o tio de Meire, Alfredo. Sim, os filhos de Dona Filó eram Alfredo e Godofredo. Dona Filó colocou no primeiro filho o nome do avô dele, o pai de Dona Filó, Alfredo da Silva Teófilo. Assim, Alfredo chamava-se Alfredo da Silva Teófilo Neto. E quando Godofredo nasceu, ela quis colocar um nome parecido, já que o escrivão se negou a colocar o nome de Alfredo da Silva Teófilo Neto Dois.

    Não era apenas Meire que queria ir à quermesse, todos os seis netos de dona Filó se interessaram pelo passeio. Meire conhecia como era uma quermesse, tinha ido a uma quando criancinha ainda lá na cidade de Lagarto e se lembrava de algumas brincadeiras; além do que, Adelaide e Gilson durante a semana falaram tanto do que haveria na festa que ela sabia de cor e salteado. Mesmo que não fosse à festa, teria a sensação de ter ido. Além de comidas e bebidas diferentes, haveria fogueira e muitas outras atrações que, lógico, ela contou todas aos irmãos que igualmente ficaram empolgadíssimos e ansiosos para que sábado chegasse logo e eles pudessem conhecer e aproveitar a festa junina.

    Meire não esqueceria, nem teria como esquecer, da pureza no olhar de seus irmãos quando chegaram e avistaram as bandeirolas. Ficaram tão admirados com tudo que cada um gritava e queria ir para um lado, Meire ficou doidinha no primeiro instante, mas respeitou a contemplação de todos:

    – Quero ficar perto da fogueira! Que linda e quentinha! – disse Katlin fazendo menção de correr para o lado esquerdo no canto da festa, onde se encontrava a fogueira.

    – Olhem! – exclamou Mônica, apontando para o lado direito onde estavam os fogos de artifício.

    – Meire, vai ter quadrilha? Você disse que ia ter, onde estão as pessoas dançando? Quero ver!

    – Mirna, a quadrilha será formada mais tarde, com todos os presentes. Você poderá dançar junto se quiser. Só terá que ter um par. – respondeu Meire. Junior não deixou escapar a oportunidade e logo se posicionou:

– Serei seu par, minha mana!

– Oba! – Mirna se empolgou e saiu com Junior, de braços dados, em direção ao centro da festa.

Palin e Marcos saíram correndo feito doidos quando viram o pau-de-sebo.

Meire, no primeiro momento, praticamente se viu sozinha. O tio Godofredo foi pegar quentão na barraca para ficar com o copo na mão e observar as moças da festa.

Meire, em vez de aproveitar a festa, apesar de sentir-se feliz por proporcionar essa oportunidade para os irmãos, ficou extremamente preocupada com a situação. Cada irmão se interessou por uma atração diferente, cada um foi para um lado da pista e ela ficou ali, sozinha, sem saber o que fazer.

***

O pátio da igreja da paróquia era bem grande. A sorte era que tudo estava bem organizado. Para que alguém entrasse na quermesse era preciso comprar o ingresso, e não era muito barato. Zeca lembrava que em sua infância não havia tanta coisa assim, mas todos se divertiam. Adultos e crianças gastavam nas poucas barracas que havia e assim já davam lucro para a igreja, mas as crianças mais carentes conseguiam se divertir também, não havia cobrança na entrada do evento. *Um absurdo!* Zeca refletia. *Igreja é a representação da casa de Deus. Deus é o Pai, aquele que acolhe, é o ombro que consola, é o protetor de todos; não faz sentido cobrar a entrada, deixando dessa forma muitas crianças e até adultos sem a possibilidade de ao menos ver os demais se divertirem.* Sim, porque quando eu era criança, muitas vezes não tinha dinheiro para brincar nas barracas, mas só de ver as outras crianças jogando a argola, ou pescando, eu me divertia da mesma forma, torcia por elas e às vezes até fazia boas amizades. Assim pensava o Zeca. Seu coração estava sério e essa seriedade transbordava em seu semblante, quando Just passou por ele sem trajes de quermesse, sem a "roupa caipira", como todos costumam dizer. Just o cumprimentou de longe, mas Zeca notou que ele estava deslocado na festa, parecia pouco à vontade em estar lá. *Nossa como podia?...*

Quando Zeca era criança, seus olhos até brilhavam de alegria, fazia questão de vir a caráter, e a mãe o pintava com rolha queimada; ela queimava a rolha e pintava a barba e o bigode em seu rosto, assim ele se sentia o máximo; às vezes pintava até o seu dente para dar a impressão que faltava um em sua boca. *Hoje em dia quase não se faz mais essas coisas; não sei se isso já foi considerado um tipo de bullying com os caipiras. Tudo agora é bullying...* Zeca estava recordando encostado ao lado da porta da igreja, na parede, só observando a correria da molecada, a preocupação das mães que se misturavam e aproveitavam com as brincadeiras dos filhos também. Os pais disfarçavam, não queriam demonstrar que gostavam daquilo tudo, mas gostavam e até faziam apostas de quem conseguiria pescar o melhor prêmio. *Se a colônia de barbear lá da barbearia do Sr. Rubens fosse um dos prêmios eu até iria me meter a pescar.* Seu pensamento agora era mais brando, lembrou-se da mãe, de momentos bons e após a passagem daquela mãe com o filho, ele não estava mais com semblante carrancudo. Era assim que Zeca estava quando notou que Just o observava ao longe e sorriu.

Just havia passado por Zeca, cumprimentou-o e seguiu em frente porque queria encontrar Adelaide e Gilson, mas não tinha avistado nenhum dos dois até aquele momento. Uma mãe veio até ele chorando e perguntou de seu filho, dizendo que o menino sumiu de sua vista e que ela estava extremamente agoniada com a situação.

– Você pode me ajudar a procurá-lo? – Ela pediu.

– Claro. Como ele está vestido? – Just solicitou a descrição do menino.

– Calça jeans, camisa xadrez e chapéu de palha, é magro e baixo, só tem seis anos.

Era complicado procurar alguém com esse traje em uma quermesse, a maioria dos meninos estava vestida exatamente assim. Mas Just não perdeu a boa vontade, seu coração encheu-se de esperança. Uma esperança que transbordou e chegou ao coração daquela mãe aflita que conseguiu parar de chorar desesperadamente para assim ter condições de procurar pelo filho. Por um momento, Just a segurou, pegou em sua mão direita como se estivesse cumprimentando-a, olhou nos olhos dela e pediu que ela tivesse calma que logo um dos dois encontraria o menino, afinal ali era uma igreja, todos que lá estavam pagaram para entrar e a grande maioria era de pessoas da paróquia, ou ao menos do bairro. Quase todas pessoas conhecidas. Não havia razão para se desesperar. Além do mais, vieram muitos seminaristas e noviças para ajudar na segurança da festa. Foi naquele momento, com o coração transbordando de amor, que ela conseguiu sentir um pouquinho de tranquilidade. Diminuiu o choro, limpou os olhos secando as lágrimas e aí pôde ver seu filhinho descendo do alto do pau-de-sebo. Ficou muito feliz e desejava abraçar o garoto quando ele chegasse ao chão. Ela tinha ensaiado mentalmente muitos discursos para chamar a atenção do menino dando-lhe uma bronca por ter saído de perto dela, mas naquele instante tudo o que ela queria era abraçá-lo e festejar. Era muita felicidade que transbordava em seu coração. Agradeceu a Just e correu para o cerco do pau-de-sebo. Just também ficou feliz, mas ficou intrigado porque notou que ao pegar na mão daquela mãe aflita, como se a houvesse cumprimentado, ela vestiu-se de espinhos. Just já não sabia mais o que pensar. *Como assim?* Ele se indagava. *Sei que ela e eu só pensamos coisas boas e mesmo assim ela saiu das minhas mãos vestida de espinhos!* Só que dessa vez, ele notou algo que antes não havia notado. Era só uma pequena observação, mas talvez pudesse ser a ponta de um iceberg. Ocorreu que de um dos espinhos saiu uma espécie de pó com uma essência de amor quando ela abraçou seu filho. Aquele espinho espetou o garotinho e dali ambos, ela e o filho, saíram sorrindo e se aproximaram de Zeca. Ele, que estava sério até então, viu os dois sorrindo, dizendo algo que Just não conseguiu ouvir devido à distância. Mas o que disseram para Zeca não era importante, o importante ali foi o sorriso e a alegria deles; o menino abraçou Zeca e conseguiu fazê-lo não somente sorrir, mas sentir-se com o coração preenchido de alegria.

Os sentimentos ali foram gradativos, um espinho derivado de esperança colheu amor, apreciou a felicidade e transmitiu alegria. Era um espinho com pólen diferenciado... *Teria sido uma coincidência?*

* * *

Just intrigado, cheio de questionamentos, já não tinha mais condições de permanecer na festa. Ele queria ir para casa para refletir sobre o acontecido. Estava intrigado e preocupado. Será que nunca mais poderia tocar nem cumprimentar ninguém? Pelo que ele estava percebendo, independente do que pensasse, a pessoa poderia sair de perto dele coberta de espinhos. Lembrava que a cada vinte pessoas vestidas de espinhos uma vida era salva no planeta em algum lugar, mas, e as vinte pessoas com espinhos? Isso era muito preocupante para Just, como certamente seria para qualquer um.

Pouco antes do final da festa, lá pelas seis da tarde, haveria um sorteio. O número do bilhete de entrada de um dos participantes da festa seria sorteado e o prêmio seria uma surpresa. Just não estava interessado no prêmio. Sua preocupação ia além dos bens materiais, mas não poderia fazer a desfeita de ir embora sem se despedir dos amigos, e se acaso fosse sorteado, o número do ingresso não seria contemplado por ausência do premiado. Procurava por Gilson quando deu de cara com Adelaide.

– Meu Deus! Adelaide, o que é isso? – Just abriu e fechou os olhos surpreso como se tivesse à sua frente um espantalho.

– Ai, Just, não começa! Tenho muito o que fazer aqui para dar trela as suas bobagens. – Foi o que Adelaide respondeu.

Just de fato ficou admirado. Como Adelaide conseguira se vestir para a quermesse daquela forma e não se sentir mal por isso? Parecia mais uma fantasia para uma escola de samba no carnaval do que para uma quermesse. *Será que ninguém a alertou?* Just pensou.

— Está bem, Adelaide, não vou entrar no mérito de que se esqueceram de lhe avisar que estamos em junho e não em fevereiro, mas você é quem sabe o que é melhor para você. Eu preciso ir embora. Só queria avisar. Por favor, avise ao Gilson. Não consegui encontrá-lo.

Adelaide não entendeu o comentário irônico que Just fez com relação a sua roupa, quermesse e carnaval, foi meio que uma metáfora, pois trocou carnaval por fevereiro e festa junina por junho, ficou um pouco incomodada e quase perguntou o que ele quis dizer, mas a sua ansiedade a proibiu de perguntar algo e ela apenas respondeu:

— Fácil encontrar o Gilson. Ele está com calça jeans, camisa xadrez e um chapéu de palha, Just.

— Está bom, Adelaide, só diga a ele que estou indo embora. Deixarei o bilhete do sorteio com você.

— Gilson e eu somos organizadores, não podemos ser sorteados. Quando sortearem, para ganhar o prêmio, o vencedor deverá estar presente, caso contrário sortearão outro bilhete.

— Não faço questão do prêmio. Preciso ir embora. Dê meu bilhete para quem quiser, Adelaide. Boa festa.

Just entregou o bilhete para Adelaide e saiu da festa. Estava doido para chegar em casa, recostar-se em sua cama e refletir muito sobre tudo o que estava acontecendo com ele. Ele precisava resolver o problema de cumprimentar as pessoas com urgência. Quantas pessoas ainda iria prejudicar se continuasse dessa forma? A maioria das pessoas que ele cumprimentava saía trajada de espinhos.

De salto alto, Adelaide mal conseguia se equilibrar por causa dos buracos do chão. O pátio da igreja onde estava acontecendo a quermesse era apenas cimentado, mas antigo; aquele chão já estava com crateras feitas com o desgaste do tempo. Esse era um dos destinos para o que fosse arrecadado naquela festa, colocar um piso antiderrapante naquele chão.

A primeira pessoa que Adelaide avistou e que parecia perdida foi Meire.

– Posso saber por que você não veio falar comigo e com Just? Estávamos conversando e você perdeu a oportunidade de conhecê-lo.

– Oi, Adelaide, boa tarde para você também – respondeu Meire.

– Ah, não estou com tempo para frescura não, Meire. Pega aqui que é o bilhete do Just. Ele pediu para lhe dar. Adelaide estava com o bilhete entre os lábios, pois as mãos estavam ocupadas com prendas que ela segurava, e, entre um desequilíbrio e outro, tentava levar para a barraca da pescaria.

– Estou tentando juntar meus irmãos que estão dispersos aqui na festa. Você viu algum deles?

– Só vi seu tio, que veio me oferecer vinho quente. Eu posso com isso? Tô fora!

– Para onde ele foi? Pedirei que ele me ajude.

– Ah, nem sei Meire. Já estou atrasada segurando essas prendas aqui, e a barraca precisando lá. Preciso ir.

* * *

    Bel, ou tia Bel, como estava acostumada a ser chamada por todos da família, era de fato doce como o mel. Seu nome remetia a essa rima fonética e seu ser fazia menção de candura. Se alguém pedisse para que Just ou qualquer um da família descrevesse tia Bel, as primeiras descrições seriam essas mesmas, doce e pura tia Bel. Era pura, era ingênua, mas isso não lhe fazia menos esperta. Era esperta, inteligente e extremamente romântica. Acreditava em um grande amor como aqueles que ela assistia e acompanhava nas novelas. "Tia Bel, a noveleira." Just gostava de brincar dizendo isso, quando se referia a ela. No tempo de faculdade, apesar de ser extremamente estudiosa e aplicada, por causa das novelas chegou a perder algumas aulas. Capítulos que ela dizia serem imperdíveis. A sorte que ela tinha é que por ser aplicada e esperta, acabava entendendo o conteúdo passado em sua ausência só com uma rápida leitura do material que suas colegas lhe passavam pelo Whatsapp mesmo.

    – Baixe o aplicativo e assista à novela depois da aula, Bel. É a mesma coisa! – diziam suas colegas de classe. Mas ela relutava, só fazia isso quando não havia outra opção. Tia Bel dizia que assistir à novela depois do dia determinado para um bom capítulo não passava a mesma emoção, era como ver um jogo de futebol depois que a partida já havia terminado. Todos já sabiam o final e você acabava se sentindo como se já soubesse o final também. Sendo assim suas amigas não discutiam, enviavam o conteúdo passado em aula e pronto. Tia

Bel quase nunca pedia nada, não custava fazer uma gentileza a uma amiga que era tão amável, doce e querida por todos.

Formada em Pedagogia, não seguiu a profissão. Formou-se apenas porque achava importante ter um diploma de ensino superior, e só por isso entrou em uma faculdade. De fato, o ensino superior, mesmo quando o curso escolhido não se torna a profissão exercida, gera mais habilidade com as palavras, mais conhecimento e mais "jogo de cintura" para exercer qualquer outra profissão. Esse era o pensamento dela, e assim ela completou os estudos e se formou professora. Ensinar mesmo, ela achava que não tinha aptidão. Tinha essa impressão porque sempre quis ajudar Just em matemática, mas ele não podia nem ouvir falar a palavra "matemática", que dirá "raciocínio matemático". O que a deixava intrigada é que Just era um menino esperto, inteligente e altruísta desde criança e uma aversão a esse ponto por uma matéria escolar não combinava em nada com ele.

– Judith, eu gostaria tanto de ajudar Just em suas tarefas matemáticas, mas ele não se interessa. – Tia Bel disse para a mãe dele certa vez.

– Sabe que também já tentei diversas vezes, até sem demonstrar que o assunto seria a matemática, numa época em que fizemos joguinhos aqui em casa, lembra? Você participou, Bel. Eram jogos que puxavam pelo raciocínio matemático, mas quando ele percebia, perdia o interesse na hora.

– Ele tem horror ao professor de matemática. Deve ser daquele tipo ranzinza, metido a doutor sabe tudo. – Bel disse isso e sorriu.

– Que nada minha irmã. Esse professor é moço, bonito, charmoso, gentil...

Bel a interrompeu dizendo:

– Aí, cadê meu cunhado que precisa saber desse assanhamento todo? Stanleyyyy!

– Sei que está brincando, mas nem de brincadeira diga isso. Amo meu marido, jamais o trocaria por ninguém e você sabe disso, Bel.

– Desculpe.

– Na próxima reunião vou chamá-la para conversar com ele, quem sabe você e ele não conseguem juntos ajudar o Just, e quiçá ele não seja sua cara metade, hein, mana? Ouvi dizer que ele é solteirão, aparenta estar na faixa dos trinta anos, do jeitinho que você gosta. – Dona Judith disse e sorriu de imediato aguardando a reação da irmã.

– Agora vai querer bancar o cupido é, mana? Que coisa chata. Eu não quero casamento arranjado não. E depois tem outra coisa, já não gosto desse professor, porque se meu sobrinho não gosta dele, algum motivo tem.

– Tá bom. Não está mais aqui quem falou.

Na verdade, Bel já tinha um namorado. Só não contou para ninguém da família. Queria ter certeza de que era um compromisso para casamento, aí sim divulgaria sua posição amorosa. O rapaz parecia ser de boa família, inteligente, trabalhador e tinha tantas qualidades que parecia até bom demais para ser verdade; ela até duvidava se tinha o direito de ser tão feliz assim, e por isso achava melhor ir devagar com as expectativas. Tinha muito medo de sofrer novamente por um amor, ou melhor, por alguém que não a merecia.

Bel estava com vinte e quatro anos, havia se formado com vinte e um. Logo em seguida abriu um negócio próprio. Desde muito nova tinha habilidade para trabalhos manuais e fazia de tudo, desde bordados até trabalhos com sucatas. Fazia cartonagem, artesanato com MDF, com EVA, em fuxico, pinturas em tecidos, fazia colchas em crochê, tapetes, toalhas e uma variedade de trabalhos, e um dia abriu uma loja também com biscuit. Os trabalhos com crochê e com biscuit renderam-lhe uma loja própria. O biscuit e o crochê. "Biscuicroch" foi o nome que Bel escolheu para sua loja. Era um daqueles lugares em que quando você entra se esquece da hora de sair, porque a sede de se aproximar de cada um dos trabalhos toma todo o íntimo que se transforma em gosto, gosto de quero mais.

Enquanto estava na faculdade, vendia os crochês que fazia para pagar os estudos. Como os pontos de crochê dela eram firmes e o trabalho tinha uma qualidade inquestionável, ela tinha facilidade para vendê-los e com isso sua faculdade foi quitada sem atraso. Ao receber o diploma não tinha dívidas e em consequência conseguiu de imediato abrir seu ponto comercial.

Em termos de aparência física, Bel não era muito bonita, mas não podia ser classificada como feia; ela fazia vista. Era de certa forma alta, nem gorda nem magra, sempre sorridente e com dentes bem branquinhos e bem cuidados, o que a ajudava em sua simpatia. Tinha os cabelos castanho-claros, levemente ondulados que caíam naturalmente em forma de ondas do mar. Era um tipo diferente nesse ponto, já que a maioria das mulheres penteia os cabelos repartidos ao meio ou de lado, mas ela não. Bel sempre preferiu não os repartir. Ela os jogava para trás e eles se acomodavam em sua cabeça com naturalidade, e então dizia que deixava que seus cabelos tivessem livre-arbítrio. Falando assim pode dar a impressão de que ela ficava despenteada, mas não. Seus cabelos tinham uma caída até que charmosa. Davam um toque de mistério ao se encaixar em sua moldura do rosto, deixando seus olhos, que eram da mesma cor dos cabelos, bem sensuais.

A loja era pequena, mas ela conseguiu decorá-la de forma que a impressão era de um lugar de médio porte. Do lado esquerdo colocou um sofá de dois lugares e uma poltrona, um tapete ao centro, e conseguiu, não me pergunte como, encaixar uma mesinha no cantinho; ela conseguia fazer o lugar crescer e se esticar como chiclete. O espaço era alugado, o ponto era de transeuntes jovens, que não se interessam muito por crochê, mas pelos dela, eles se interessavam sim. Eles a princípio entravam para conhecer a loja, que tinha um design atrativo, e a juventude gosta disso. Uma vez lá dentro, Bel apossava-se de sua simpatia para convidá-los para sentar e conversar e então se distraíam, riam bastante. Ela já dizia:

– Vamos sentem-se aqui, é o coração da loja, percebam que está do lado esquerdo dela.

Depois de encantados com ela e com os seus trabalhos, que ela fazia questão de mostrar e contar como e com que carinho eram feitos, sempre algum jovem acabava por levar uma mercadoria. Ora era um rapaz que comprava um biscuit no formato de coração para presentear a namorada ou o crush, ora era uma moça que levava uma toalhinha de crochê para guardar para seu enxoval. Ela percebeu com isso que, embora a sociedade queira disfarçar, ainda há muitos jovens, e até não jovens, que são românticos, como ela, e acreditam em um amor verdadeiro como o de contos de fadas.

* * *

Já estava perto da hora de fechar a loja quando ele chegou. Ele estava com pressa e parecia um pouco irritado.

– Querida, estacionei em um local proibido e vim correndo lhe dizer que já estou esperando por você, venha logo. Não tem onde parar hoje.

– Mas não posso fechar agora. O horário de funcionamento da loja é das oito às dezessete horas.

– Não tenho como esperar!

– Nossa! Mas só faltam quinze minutos...

– Se acha que é pouco tempo para eu esperar, então também é pouco tempo para você fechar essa loja de uma vez, já pode fechar! Questão de lógica. Feche logo, não tenho como esperar e não tenho onde parar.

– Então não poderemos sair hoje, e nervoso assim, é melhor mesmo nós não sairmos. Vá embora, e amanhã combinaremos novamente. Ah, e por sinal, amanhã estarei em sua casa, porque combinei de sair com sua mãe.

– Realmente estou nervoso, passei por uma discussão com um aluno e mesmo que eu não queira me sentir assim, não consigo. Estou muito irritado. Parece que peguei toda a vibração negativa daquele menino. Depois explicarei melhor, ou não. Não quero lhe aborrecer com coisas do meu trabalho.

— Então tá. Depois nos falamos no Whatsapp e provavelmente amanhã nós nos veremos.

Hélio se despediu e seguiu seu caminho.

Bel logicamente não gostou do comportamento do namorado.

Amanhã ele terá que se explicar. Ele precisa entender que não é porque não tenho chefe que posso fazer o que eu quero. Ao contrário, mesmo sendo a única funcionária, preciso me comportar como se houvesse mais funcionários e dar exemplo de comportamento. Bel precisava seguir à risca as leis do comércio, caso contrário, logo a loja iria à falência e depois não adiantaria chorar o leite derramado. Teria que explicar isso para ele, e se ele não entendesse, não teria outra opção. Sempre fora muito responsável. Ela gostava dele, mas sua responsabilidade no trabalho era coisa séria, e ele deveria saber respeitar. *Eu jamais iria ao trabalho dele dizer para ele largar tudo e vir comigo "porque não posso esperar".* Assim pensava Bel enquanto ia puxando a porta de ferro da loja, que era de enrolar. Não era porta automática, mas ela conseguia puxar com certa facilidade. Em seguida fechou com a chave, colocou o cadeado e caminhou rumo ao metrô. Chovia fino, garoava. Então ela abriu sua sombrinha e ia pensando em que roupa colocaria no dia seguinte quando se encontraria com sua, talvez, futura sogra. Ainda bem que já havia confirmado a presença de sua irmã Candoca que se comprometeu a tomar conta da loja no dia seguinte para ela.

Candoca era outra irmã de Judith, portanto outra tia de Just. Mas, com esta tia, Just não brincava muito porque todos a consideravam muito séria. Ela era dois anos mais jovem que tia Bel, com algumas diferenças. Tia Candoca já era casada, não tinha filhos e era dona de casa. Seu marido trabalhava como auxiliar administrativo em uma firma de contabilidade no centro da cidade e ambos pareciam viver relativamente bem, uma vida sem muitas novidades, mas cheia de contentamentos do lar, de acordo com o que ambos almejavam. Sem filhos, com o marido trabalhando fora o dia todo, tia Candoca parecia ter uma vida tranquila, mas não. Dentro de casa as tarefas se multiplicavam e ainda mais sendo como ela... uma exímia dona de casa. Tia Candoca gostava de tudo impecável e, sendo assim, além da limpeza pesada havia as atividades de conservação, e para conservar são inúmeras as facetas necessárias, só mesmo sendo uma dona de casa no real sentido da palavra para entender como é trabalhoso; e o pior, o serviço parece não ter fim. Acaba de passar um pano na cozinha, vem alguém e pisa; acaba de lavar a louça do café da manhã, já tem o almoço para se preocupar... e por aí vai; isso quando não acaba de estender as roupas no varal e a chuva despenca. Mesmo assim, com tudo isso, ela gostava e muito de suas irmãs, e socorria Bel quando ela necessitava. Tia Candoca não havia feito curso superior, completou o ensino médio e logo se casou, mas tinha muita facilidade com a escrita e as operações matemáticas, sem contar que levava jeito para vender, e isso já era uma contribuição para que Bel sempre recorresse a ela quando precisava se ausentar da loja. É difícil arranjar alguém que saiba lidar com as vendas, tenha simpatia e que seja de confiança. Tia Candoca tinha todos esses atributos.

★ ★ ★

Como era doce sua futura sogra! Bel se considerava duplamente abençoada, já que, além de um namorado bonito e amoroso, ela ganhou, acoplada a ele, uma futura sogra que era a encarnação do bem. O que dizer de uma mulher que sempre a esperava de braços abertos, com um cappuccino feito por ela mesma e pronto para servir? Sentavam-se na varanda da casa e lá ela conseguia colocar para fora todas as suas aflições e dúvidas. Contou até o que o namorado havia feito no dia anterior, querendo que ela fechasse a loja antes do horário estabelecido em panfletos e tudo, apenas porque ele não tinha onde estacionar. O mais interessante é que Dona Hilda ouvia tudo, refletia e depois se colocava de acordo com o que achava correto, e nem sempre se posicionava a favor do filho, não. Quando ele estava errado, Dona Hilda sabia avaliar também. Isso fazia com que Bel se sentisse segura para o desabafo; ali ela encontrara uma amiga de verdade e não uma sogra somente. Bel chegou perto da hora do café da manhã, e Hélio já havia saído para o trabalho. Dona Hilda a recebeu com o seu clássico cappuccino e pediu que Bel aguardasse só um pouquinho que ela iria terminar de se arrumar, para que ambas pudessem ir à feirinha da Liberdade. Ambas haviam combinado de conhecer essa feira com o objetivo de encontrar algo que desse um diferencial a mais na loja de Bel. Se não encontrassem nessa feira, em outro dia iriam à outra. Dona Hilda estava disposta a ajudar Bel nessa empreitada.

– Uma moça tão aplicada com o trabalho e com as pessoas merece alguém que lhe dê uma mãozinha, e por que não eu, Hélio? Faço com amor – disse Dona Hilda para seu filho logo cedo, quando Hélio comentou que sabia que ambas sairiam e que ele a agradecia muito pela força que estava dando para sua namorada.

Hélio amanheceu mais tranquilo, não entendia como havia conseguido, mas ao sentar-se na cama, sentiu algo que o espetou, e um pólen com aroma de paz percorreu suas veias, indicando que hoje o dia seria mais produtivo e quem sabe no final do dia, desculpando-se com Bel, aproveitaria do amor que ambos sentiam um pelo outro. Lembrou-se que no dia anterior sua mãe parecia estar mais feliz, sorridente e disposta. Ela contou que havia passado a tarde conversando com um rapaz que ela denominou ser do bem. Dona Hilda havia se despedido do rapaz com um abraço, e no final do dia abraçara seu filho com a mesma intensidade de paz.

* * *

Pedro ficava a maior parte do tempo recostado em sua cama, distraído com jogos de aplicativo ou sentado à sua escrivaninha do quarto diante do computador e ali entrava em salas de bate-papo; seu *nick* era Safadão, navegava em sites impróprios para menores, trafegava em pornografias e, por conhecer o que lá se passava, considerava-se já um homem experiente. Ele gostava de parecer uma pessoa rústica, um ser desprezível e de índole grotesca. Esse era o perfil que ele apresentava para quem o quisesse conhecer. Falava de malandragens e situações que na verdade ele só vivenciava no computador e na televisão. Até para Dona Emengarda, sua mãe, ele gostava de parecer ríspido, sendo áspero ao dirigir-se a ela e mencionando coisas que davam a entender que ele já havia vivenciado.

– Não quero ler esse livro, mãe! Não insista!

– O menino disse que podemos indicar outro livro. O que sugere, meu filho?

– Sugiro que me deixe em paz. Não tem o porquê de eu ler um livro para conversar com um pirralho que apareceu na rua do nada.

– Ele é educado, simpático, parece ter bom coração. Você deveria estar feliz, pois finalmente terá ao menos um amigo. A amizade sincera é muito importante no nosso caminhar, meu filho!

– Eu tenho mais de dois mil seguidores. Acha mesmo que preciso de mais amigos?

Dona Emengarda iniciou a leitura, mas antes procurou saber e ler tudo o que havia de informação sobre o livro no próprio volume. Leu a biografia da autora, a qual editora pertencia, a sinopse... Tudo antes de começar, de fato, o enredo que lhe contaria a história propriamente dita.

– Veja meu filho, trata-se de um livro que teve mais de uma edição. Creio que não teria uma segunda edição se não houvesse leitores interessados...

– Mãe! E eu com isso? Já disse que não quero saber. Tenho mais o que fazer.

Dona Emengarda era preocupada com o filho, porém deixava que ele fosse ríspido dessa forma com ela sem corrigi-lo, e isso só prejudicava a educação do rapaz, que se achava cada vez mais o dono do saber e foi tornando-se, consequentemente, cada vez mais egocêntrico e mal-educado.

    Pedro não tinha polidez na educação, não reconhecia o carinho que a mãe lhe destinava e era grosseiro com todos de sua convivência, inclusive com os professores. Outra característica forte em seu currículo era a preguiça. Não saía de casa para caminhadas, não fazia exercícios e não ajudava a mãe em nada. Tudo lhe era entregue sem que ele tivesse que fazer nenhum esforço para conseguir. Podemos aqui refletir que, se um jovem recebe tudo o que precisa sem esforço algum, mais tarde acreditará que a vida deve continuar lhe ofertando as coisas sem que ele precise se esforçar para conquistá-las; e a vida é bonita, mas não gosta de ser explorada.

    Mães dedicadas também se equivocam em algumas ações na hora de educar seus filhos. São detalhes que se confundem no meio de tudo, e é aí que cabe uma atenção redobrada.

    A conversa entre Pedro e Dona Emengarda era sempre com ele no quarto dele e ela em algum outro cômodo da casa; conversavam dessa forma, aos gritos, para que pudessem se ouvir estando em espaços diferentes.

    Pedro bateu a porta do quarto para deixar claro que nada mais que ela dissesse agora interessaria, pois ele estava tão ocupado que até fechou a porta.

    Ele agora entrará no computador e conversará com os amigos invisíveis que ele tem, sabe Deus como são, o que pensam... Mas agora não adiantará eu insistir mais, por hoje não. Amanhã voltarei no assunto. Assim refletiu Dona Emengarda.

E foi isso mesmo que Pedro fez. Aumentou o número de seguidores, fazendo propostas obscenas em sites dos quais desconhecia a procedência, e assim achou que mostraria à sua mãe que já tinha muitos amigos, não precisava que ela fizesse amizade com alguém para ele. Ele era capaz de fazer seus próprios amigos sozinho.

De repente se viu parado, lembrando-se da menina de Lagarto.

... Que sorriso! Que olhar! Quanto encanto... Ela parece ser determinada, corajosa e doce, tudo ao mesmo tempo. É inteligente, estudiosa... Puxa, como fazer para que ela ao menos olhe para mim?...

– Pedroooo! – Dona Emengarda o chamava. Ela também se acostumou a gritar para ser ouvida. Um mau hábito que foi adquirido pela convivência com o filho. A boa educação se faz com uma troca de hábitos adquiridos. Os bons hábitos do comportamento com arquétipo, o exemplo em atitudes fala mais perto do coração do que as palavras. Dona Emengarda deveria ir até o quarto para chamá-lo, mas acomodou-se no grito prático e, desta forma, o processo inverso aconteceu; Pedro a acostumou com gritos à distância, e não como deveria ser, com ela a educá-lo, mostrando que valia a pena dar uns passinhos a mais para conversarem de perto.

Na mesa da cozinha havia pães frescos, recém-chegados da padaria, margarina, café fresquinho e leite quentinho. Ingredientes que faziam o todo de um bom lanche que Dona Emengarda fazia questão de preparar todos os dias, por volta das três ou quatro horas da tarde. Preparava tudo sozinha e chamava o filho para lancharem juntos. Ele, por sua vez, lanchava e voltava para o quarto. Nem se tocava que havia sujado a louça e que sua mãe, além de ter comprado e preparado tudo sozinha, teria que dar conta de limpar tudo ainda em tempo de preparar o jantar.

Pedro está cada vez mais egoísta e não percebe... O Mineirinho agora me avisou desse menino, Just, que ele sugeriu para fazer amizade com meu filho, mas é muito novo. Pedro já está com quase dezoito anos e esse menino apenas com quatorze. Não sei se dará certo isso não..., pensou Dona Emengarda.

* * *

Na casa de Just ainda havia telefone fixo.

– Eu sei que quase ninguém mais tem telefone fixo, é algo em extinção. O celular já tem tudo o que precisamos. Sei disso, mas não me sinto confortável em me desfazer do nosso. Temos esse número desde que nos casamos, Stanley.

– Está bem minha princesa, não precisamos nos desfazer do telefone fixo. É um gasto desnecessário, mas como é seu gosto, ficaremos com ele.

E justamente em meio a essa conversa, o telefone fixo tocou.

– Está vendo? Tem gente ainda usando sim, eu sempre atendo. É que você não está em casa quando ele toca.

– Ah sim, são gravações vendendo algo ou com aquelas ofertas de telemarketing, operadoras de televisão ou celular. – O pai de Just disse isso já se dirigindo para perto do telefone fixo a fim de atendê-lo, mas Dona Judith atendeu de pronto:

– Alô.

– Alô.

– É da casa do menino Just?

– Quem gostaria?

– Aqui é Emengarda. É a mãe dele que está falando?

– Olá, Dona Emengarda! Sim. Não nos conhecemos pessoalmente, mas Just já falou da senhora e de seu menino para nós. Em que podemos ajudá-la?

– Desculpe o incômodo. Just pediu que eu entrasse em contato por celular ou e-mail, mas não sei esse negócio de "zap" que a moçada usa e muito menos esse tal de e-mail. Pedi ao Mineirinho o número de telefone e liguei. Acho mais fácil. Eu estou precisando falar com seu menino. Pode ser?

– Ah, Dona Emengarda, poder poderia, mas ele não está em casa no momento. Nós vamos passar uma mensagem para que ele, assim que sair da escola, entre em contato com a senhora. Pode ser assim?

– Por favor, diga para ele me ligar, não sei mexer nesse negócio de mensagem de zap não.

– Ok. Fique tranquila. Ele irá telefonar para a senhora assim que sair das aulas.

– Obrigada e tenha um bom dia.

– A senhora também.

Just estava conversando com Adelaide e Gilson na saída da aula, quando seu pai lhe passou a mensagem de que Dona Emengarda havia telefonado e gostaria que ele ligasse para ela.

Despediu-se dos amigos e foi correndo para casa. Iria telefonar de lá, onde ficaria mais à vontade para conversar com

Dona Emengarda, pois os pais estavam a par de tudo e os amigos do colégio não iriam compreender a situação. Ao menos nessa fase inicial com Pedro, não entenderiam.

* * *

Fazia algumas semanas que Just havia deixado o livro com dona Emengarda e não tinha sinal de que tivessem lido ou de alguma aproximação, nem que fosse para devolver o livro. Just achou estranho o fato de dona Emengarda não dizer nada; foi até a barbearia à procura do Mineirinho para obter notícias, mas o sr. Rubens, o dono da barbearia, informou que não tinha notícias do Mineirinho:

– Faz alguns dias que ele não passa por aqui, Just.

Just achou que não seria de bom tom fazer campana na porta de Dona Emengarda novamente, e questionou solicitando a opinião do Sr. Orlando.

– Eu me comprometi nessa empreitada e estou tentando, mas não está fácil, Sr. Orlando, tem momentos que não sei o que fazer. Parece que emperrou. – Just contou toda sua estratégia e concluiu com a questão: – E agora?

– Não tenha pressa. Tudo tem seu tempo. Dê um tempo para eles. Dona Emengarda ainda o procurará, tenho certeza. Nem que seja para devolver-lhe o livro e agradecer por sua tentativa. O Mineirinho falou para ela sobre você querer ajudar e isso facilitará mais as coisas. Você verá!

Just estava ansioso, não gostava de deixar nada para depois. Quando tinha uma atividade para fazer, corria para fazê-la.

– Percebo que não gostou de ter que esperá-los, mas a espera em muitos momentos é uma valiosa ação. Com o tempo você perceberá isso. A espera também deve fazer parte de nossas estratégias de conquistas na vida, Just.

– Ok, Sr. Orlando. Aguardarei mais um pouco, mas se não derem sinal por mais de um mês, voltarei aqui para conversar com o senhor sobre o que fazer. Ok?

– Ok.

Quando estava quase completando quatro semanas, Just recebeu o aviso vindo de seu pai pelo Whatsapp de que dona Emengarda havia ligado, pedindo que ele ligasse para ela.

– Mais tarde nos falamos. Tenho que ir agora. – Just falou para Gilson e Adelaide que estavam com ele na porta do colégio, no mesmo instante em que leu a mensagem de seu pai. Ele já falou caminhando em direção a casa dele. Em sua casa certamente teria maior liberdade para conversar à vontade com dona Emengarda, visto que seus pais sabiam de tudo.

Dona Emengarda estava entrando em casa quando ouviu o telefone tocar. Ela já desconfiava que fosse Just, e era mesmo.

– Então, Just, eu não sei como faremos. Eu li o livro, mesmo com tudo o que tenho que fazer, concluindo a leitura rapidinho. É fininho e tem um enredo que causa curiosidade, enquanto não cheguei ao final para saber se ela ficaria com o Biju ou não, não consegui largar o livro. Mas o Pedro nem chegou perto, ele se recusa a ouvir falar de você e do livro. Só por Deus, viu, menino...

– Dona Emengarda, não desista. Eu já li esse livro e não tenho pressa para que me devolva, vamos achar outro caminho. O Pedro não deve ser romântico, nem se interessar por romances, talvez um livro de aventuras seja melhor para ele.

– Não é isso. Na verdade, ele nem sabe qual é o gênero desse livro. Ele não quer ler, independente do assunto.

– Entendo. Talvez seja porque fui eu que sugeri o livro, e como ele implicou comigo, não quer saber de nada que seja referente a mim. Sei como é isso. Agora, mencionando isso, tomei consciência de que faço igualzinho com o meu professor de matemática – Just disse isso e sorriu aliviado, pois havia começado a detectar o porquê de não se interessar por matemática.

Uma vez, em um dos prazerosos bate-papos com Dona Hilda na varanda, ela disse a ele que tudo tem uma causa e que se conseguirmos saber a causa, nós conseguiremos resolver o problema. Just estava confirmando as palavras de Dona Hilda com esse acontecimento e percebeu a relação que existia entre ele, o professor Hélio e a fatídica matemática, assim como a relação entre ele, Pedro e o livro emprestado. Ponderou tudo isso e continuou dizendo:

– Dona Emengarda, eu pensei agora que poderemos nos encontrar por acaso. A senhora chama o Pedro para irem ao shopping e lá encontrarão minha mãe e eu. O que a senhora acha? Se topar, falarei com minha mãe também. Acredito que ela não fará oposição. Não leve o livro, ele poderá perceber.

– Lógico que acho ótima a ideia, menino. Veja se sua mãe concorda e quando ela poderá ir, aí você me liga e eu encaixo o dia e a hora que vocês podem com os meus afazeres. É só me avisar primeiro.

– Combinado, dona Emengarda.

– Só uma coisa.

– Sim?

– Pode me chamar de Garda. Já estou acostumada. Só não confunda com gorda, apesar de eu estar gorda sim, mas o nome é Garda, tá? – disse dona Garda e soltou uma gargalhada que Just acompanhou. Riram juntos e ele concluiu:
– Combinado, dona Garda!

Just ficou eufórico. Vibrou com a ideia repentina que teve e foi direto para a sala onde sua mãe se encontrava assistindo televisão. Contou o seu plano e dona Judith a princípio relutou, por não ter muita afinidade com passeios em shoppings, mas acabou concordando por achar a ideia de seu filho muito oportuna. Como Just sabia todos os horários e todas as atividades de Dona Garda, ele e sua mãe combinaram juntos o dia e um horário que contemplasse a todos. Quando concluíram, Just telefonou imediatamente para Dona Garda e o passeio foi programado e confirmado.

* * *

No shopping tudo transcorria bem. Dona Judith e Just passeavam no primeiro andar, depois de deixarem o carro no G1. No andar acima estavam Dona Garda e Pedro. Pedro quis ir direto a uma loja de esportes do segundo andar. Sua mãe não teve dificuldade em tirá-lo de casa para ir ao shopping. Não que Pedro gostasse de shoppings, mas ela o chamou para comprarem um tênis novo para ele, o que o fez arregalar os olhos de alegria e se arrumar rapidinho para sair no mesmo instante.

Eles haviam combinado o encontro no Santana Parque Shopping, um local arejado, com muitas lojas boas e preços bons, meio fora de mão, mas era um local onde poderiam ficar à vontade, quanto tempo quisessem, porque não eram cobradas as horas adicionais para deixar o carro estacionado. Dona Garda não dirigia, nem tinha automóvel, mas Dona Judith foi de carro e pensou que depois que conhecesse a Dona Garda e o filho poderia dar uma carona para os dois na volta, dependendo de como fosse o decorrer da conversa, lógico, e assim estreitaria mais ainda a amizade entre as duas famílias.

Dona Judith se preocupava muito com esse encontro; em seus pensamentos passavam-se muitos temores, como o fato de que não se tratava mais de um menino, como seu filho. Esse Pedro já era um rapaz, tinha dezoito anos e mesmo atingindo a maioridade, pelo que ela sabia, ele era mal-educado e nem sequer pensava em procurar um emprego. Dona Judith sabia que não era o caso de Just; ela tinha certeza que com a educação e a índole de Just, ele iria procurar emprego logo, e quando completasse dezoito anos já teria um ofício para se encaixar. Filhos não podem viver na dependência dos pais, sem trabalhar, após a maioridade. Essa era a posição dela e do Sr. Stanley desde jovens, e acreditavam que o filho herdaria o mesmo caráter.

Just, por sua vez, estava ansioso, animado e feliz, porque além de dar início à missão que lhe foi atribuída, sua mãe estava compartilhando com ele o momento. Ela entrou como sócia em um trabalho, parceira, cooperadora e acima de tudo adjunta à proposta com empenho e humanidade. Ele passou a sentir-se mais seguro no trabalho a ser desenvolvido. Sim, a palavra correta é trabalho. *Toda atividade desafiadora não deixa de ser um trabalho, não é apenas a atividade remunerada que devemos considerar trabalho.* Assim pensava Just, seguindo de braço dado com a mãe em direção à escada rolante do shopping a fim de subirem para a praça de alimentação, local em que ficaram de se encontrar "ao acaso".

* * *

Na feirinha da Liberdade, cujo nome oficial era Feira de Arte, Artesanato e Cultura da Liberdade, tinha muita coisa. Além de artesanatos, havia comidas típicas do Japão, não somente as mais conhecidas, como yakisoba, sushi, tempura fresquinhos, mas também outros sabores mais diferenciados da cultura oriental. Diferente do que muitos pensam, a cultura japonesa predomina nessa feira sim, mas há muito mais. Há ali uma diversidade de culturas, no entanto, para o objetivo da tia Bel, a feirinha deixou um pouco a desejar.

– Dona Hilda, isso aqui é um encanto, dá vontade de ficar meia hora em cada barraca, mas não estou achando nenhuma ideia que possa ser levada para a Biscuicroch. A senhora encontrou alguma coisa?

– Eu também não encontrei nada até o momento, mas que está valendo o passeio, ah, isso está. Um ambiente familiar e de boa circulação, com várias opções de alimentos além da visualização de trabalhos diferenciados. Sempre tem algo cultural que podemos encaixar em nossas aspirações. Nós podemos não perceber e não fazer a ligação entre a sugestão daqui e a Biscuicroch, mas algo há. Pode ter certeza, minha querida.

E foi entre uma barraca e outra que passaram uma tarde encantadora. Ambas se reconheciam como amigas de fato e não apenas como nora e sogra, e isso já era um grande ponto a favor do relacionamento entre Bel e seu namorado Hélio.

Bel era uma sonhadora, e mesmo não sendo poetisa, era a poesia em carne e espírito. Hélio, por sua vez, não era uma calculadora, mas era o HD de um computador em carne e espírito. Esse casal, nesse sentido, dava vazão ao dito: "Os opostos se atraem", mas por outro lado, tinham muitas semelhanças também. E a maior semelhança entre eles estava no caráter. Ambos eram pessoas do bem, voltadas para o bem e amantes do amor ao próximo.

Meu filho e essa moça têm mais coisas em comum do que podem perceber. São semelhanças no íntimo do ser de cada um, a semelhança deles está na essência e não na aparência, incrível! Espero que eles não se deixem abalar com as diferenças, que no caso deles apenas servirão de aprendizado para cada um. A diferença de um ajudará na evolução do outro, e isso é nítido para mim. Assim pensava Dona Hilda quando chegaram em casa e logo foram se sentar em sua varanda, segurando uma xícara de café fresquinho que ela mesma preparou para, com o tradicional cafezinho, comentarem com seu filho sobre o passeio realizado. Hélio já havia chegado do colégio e estava na varanda, aproveitando para contemplar o ar de felicidade das duas damas de sua vida.

* * *

Hélio sugeriu que no sábado, após as aulas que ele teria que repor, devido à greve em que precisou participar junto com os demais professores, fossem os três, dona Hilda, Bel e ele, passarem a tarde na cidade de Embu das Artes.

Lá certamente encontrariam algo diferente e que atrairia a juventude. A loja da Bel, a Biscuicroch, ficava próximo ao colégio, por isso sua maior freguesia era a juventude.

Em São Paulo, o prefeito acabou sancionando um aumento na alíquota de contribuição dos funcionários públicos de 11% para 14%, e a criação de um sistema de previdência complementar para novos trabalhadores. Antes que o prefeito sancionasse essa lei, os funcionários públicos fizeram greves. Hélio ministrava aulas para a prefeitura de São Paulo e complementava seu salário com aulas particulares. Ele não era a favor de greves, mas era uma questão de honra participar daquela greve, pois em São Paulo estavam gerando mais uma previdência a ser descontada direto no demonstrativo de pagamento. Já estavam aumentando, e muito, a idade para que o professor pudesse finalmente se aposentar; e agora vinham com essa de uma previdência para a prefeitura da capital, além da previdência já descontada? Só de pensar na questão ele já ficava revoltado com a ideia. Políticos apresentavam propostas que ele considerava estapafúrdias e, sendo assim, não lhe deixavam outra opção. Não tinha como não colaborar com os seus amigos de trabalho. Teve que participar da greve, o que gerou essa reposição de aulas aos sábados, pois os alunos não tinham culpa da paralisação dos professores e precisavam receber o conteúdo programado no ano.

Dona Hilda e Bel ficaram muito felizes com o convite de Hélio, mas sugeriram que fossem no domingo. Sairiam de casa no domingo cedo, almoçariam por lá e aproveitariam mais do que no sábado; pois caso fossem no sábado, teriam apenas a parte da tarde para aproveitar.

– Além disso, meu bem, no sábado eu abro a loja e no domingo não. Vamos no domingo, por favor? – Bel pediu com jeitinho e Hélio não teve como recusar aquela alternativa.

– São duas contra um, isso não vale – respondeu Hélio e sorriu concordando.

– Meu filho, somos duas a favor de três. Veja dessa forma. – Dona Hilda retrucou e sorriu também.

* * *

Roberto começou a pesquisar para encontrar o endereço do rapaz. Em seu notebook, entrou no Google e digitou: Just A Touch.

Ao clicar na tecla "enter", nada apareceu a respeito. O que aparecia ali eram sites que explicavam a tradução do advérbio "just at" do inglês para o português, e a tradução dependia da palavra no contexto... Isso não ajudava em nada. Colocou então apenas uma palavra: Just.

Entre outras coisas apareceram endereços de várias academias com esse nome ou parte dele. Isso também não ajudava em nada...

É, meu caro Roberto, você perdeu a oportunidade de falar com o rapaz aquele dia na praça, e agora? Assim pensava Roberto consigo mesmo quando o seu celular tocou novamente.

– Alô, não. Não estou interessado em nada, já lhe disse isso moça.

Do outro lado da linha, a pessoa riu bastante e respondeu:

– Você é um homem bem afeiçoado, viúvo e livre, por que não aceita ao menos uma conversa com a moça?

Roberto riu bastante, reconheceu a voz e dessa vez não era Adelaide do Telemarketing vendendo nada, era sim da sucursal de sua cidade pedindo que ele voltasse urgente, porque havia um furo de reportagem lá e eles precisavam dele. Não dava mais para esperar. Roberto ficou balançado, mas sabia que estava perdendo tempo na capital, não tinha ideia de como encontrar Just e as diárias do hotel começaram a pesar em seu bolso. No momento, o melhor seria voltar mesmo. Fechou a conta no hotel e partiu para a rodoviária.

Chegando à rodoviária descobriu que a passagem deveria ter sido comprada com certa antecedência, ou ao menos ele deveria saber o horário de partida do ônibus para sua cidade. Os ônibus com seu destino partiam da rodoviária apenas duas vezes por dia, pela manhã e à noite. Como ele chegou por volta das quinze horas, pois para não ter que pagar mais uma diária ele havia fechado a conta no hotel antes do meio-dia; e, após comprar a passagem para as dezenove horas, precisou sentar-se em um dos bancos de lá e esperar pelo horário de saída do seu ônibus. Apesar de ser mineiro, Roberto não tinha o sotaque tão carregado, seu sotaque era leve, mas nem por isso ele deixava de ser agradável ao se pronunciar e gostava de conversar.

É, quem não pensa antes de agir, acaba sendo sacrificado, Sr. Roberto. Nem parece ter a experiência de vida que tem e às vezes o senhor me surpreende! Assim Roberto chamava sua própria atenção em seus pensamentos e olhava para os lados como quem procura alguém. Na verdade, até procurava mesmo, alguém que assim como ele gostasse de uma boa prosa para ajudá-lo a passar o tempo.

* * *

Lucas estava desesperado, seu coração se negava a acreditar no cenário que sua vida apresentava para ele. Perdera o chão. Perdera a razão de sua existência. Era verdade que sua mãe nunca havia lhe dado carinho, mas apenas por ser sua mãe já era alguém importante para ele. Ela era a razão de seus compromissos. Tudo o que desejava era um dia fazê-la feliz. Só por isso ele existia. Esse era o seu único sonho. Ele mesmo não sabia definir se esse sentimento era de amor entre filho e mãe, ou se era apenas orgulho ferido incutido em seu íntimo, que ressaltava em seus atos, querendo provar para ela, sua mãe, que a vida era boa sim, que valia a pena viver, e que a experiência vivida por ela na verdade não era vida no sentido pleno do ser. Ele queria e muito provar para a mãe que o mundo pode ofertar maravilhas, desde que a pessoa se sinta um ser de amor, e jorre isso transbordando esse amor.

De repente, entre um pensamento e outro, em pleno desespero, sem rumo e sem trégua, deparou-se com um templo religioso, entrou, sentou-se em um banco e lá orou a Deus para que recebesse sua mãezinha com carinho, um ser que já havia sofrido muito aqui na terra.

– Senhor! Dizem que o senhor é poderoso e que escuta quem fala contigo. Eu não estou o vendo, mas agora só tenho a ti – murmurou.

Sentiu seu coração se acalmar e saiu mais tranquilo. Ainda sem rumo, mas com o coração menos acelerado, seguiu pelas ruas de São Paulo caminhando e refletindo em como e quais seriam as suas possibilidades a partir de agora. Aquele templo, aquela oração... serviram como alento, fornecendo-lhe esperanças de encontrar novas razões para sua existência.

Que local era aquele que o deixara mais calmo? Que arcano! A qual religião será que pertence aquele lugar? Templo budista? Igreja católica? Evangélica? Um núcleo Espírita?

Essas reflexões ele começou a fazer com mais leveza depois que saiu do recinto religioso. Suas reflexões de dor foram trocadas por essas...

Chegou à conclusão que pouco importava a que religião pertencia, não foi o local que o acolheu e sim o Pai Eterno, Deus! Deus era o mesmo em todas elas. Era o Senhor que todos diziam ser poderoso e era mesmo! Pois como explicar a leveza que passou a sentir ao sair de lá? Lógico que ainda sentia e iria sentir a falta de sua mãe querida, essas lembranças nem o tempo apagam. Bem ou mal, foi ela quem o trouxe ao mundo e ficou junto dele até o final, mas agora ele tinha o Pai. Sentia Deus em seu coração, e com esse sentimento passou a não se sentir só nem desamparado.

Lembrou-se de Maurinho, o menino que tinha encontrado na rua, vindo do interior para perder-se nas drogas aqui nessa cidade de arranha-céus. Largou os pais que davam tudo para ele. E lembrou-se também do outro menino que encontrou no armazém do Sr. Daniel, o menino que o abraçou mesmo após ter o relógio roubado...

Pessoas são diferentes. Umas aproveitam a oportunidade para o bem e outras... Lucas seguia pensando com ideias mais precisas agora.

Quando Just foi convidado por Edson para participar de um jogo de futebol no campo da várzea, na praça, você, leitor, deve estar lembrado que ele, Just, recusou o convite por honrar seu compromisso com sua mãe. Comprometeu-se em ir à padaria e ajudar seus pais a receberem seus parentes em casa para um lanche da tarde. O compromisso era simples, mas era sem dúvida um compromisso assumido. Essa era uma das valiosas emoções que Just transmitia. Ele tinha um montante de emoções basilares que seguia, sem notar, como leis e mandamentos. Uma das leis era essa: ele honrava seu pai e sua mãe. Quando abraçou Lucas naquele roubo dentro do armazém do sr. Daniel, em um dos espinhos que transmitiu para o menino assaltante estava a honra aos pais. Naquele abraço havia muitas emoções, e cada uma delas gerou um espinho no garoto Lucas, que no decorrer de sua existência, sem perceber, foi deixando que esses espinhos se juntassem ao seu próprio caráter e lhe ofertassem as ferramentas de ação para sua vivência. Cada espinho o ajudou e muito em sua evolução espiritual; mesmo sem que ele notasse, a junção do espinho ao seu caráter foi desenrolando sua existência, e dando-lhe as ferramentas necessárias para ir conquistando tudo o que desejava de bom.

Do espinho da dor pela morte da mãe, desabrochou o amor a Deus sobre todas as coisas. Agora ele tinha um Pai e iria amá-lo. Assim seguia Lucas...

* * *

Bel, sempre feliz. Mesmo com os problemas que iam surgindo no decorrer de sua caminhada, ela trazia dentro de si algo que alegrava seu coração, e dessa forma sentia-se impulsionada a amar ao próximo como a si mesma. Diante de um problema, antes da reação havia a compreensão. Procurava primeiro compreender o que causou aquele acontecimento, o porquê de a pessoa ter agido daquela forma. Tia Bel colocava-se sempre no lugar do outro para conseguir essa compreensão, e em decorrência disso alcançava resoluções sem discussões acaloradas em situações que, para outras pessoas, poderiam até acabar em tragédias. Com tia Bel, se dependesse dela, tudo sempre acabaria bem. Mas ela sabia que nem sempre foi assim. Quando era bem jovem ainda, brigava por qualquer coisinha. Foi com a vivência, com as ocorrências de uma vida bem vivida com esforços, batalhas, muito trabalho e afinco em seus desejos que ela foi evoluindo para o bem comum. Tia Bel não percebeu e talvez nunca fosse perceber, mas foi a convivência com Just que a tornou altruísta, pelo menos em noventa por cento. A coexistência do sobrinho com suas tias sempre foi muito sadia e baseada no amor de família. Aos poucos, por ações, Just era altruísta sem notar que fazia isso, e mostrava para sua tia que as brigas só prejudicavam o opositor e o oponente. Havia muito ego envolvido em uma discussão, e o término eram duas pessoas magoadas. Nada de gratificante nisso. Aos poucos tia Bel foi absorvendo a forma de ser altruísta, e assim passou cada vez mais a resolver todas as suas coisas com diálogo, e não com discussões. Quando ela sentia que uma briga se aproximava pelo caminho, logo dizia ao seu oponente:

– Não quero discutir, mas quero dialogar.

Just lembra que, quando ainda era bem menino, em uma das discussões aquecidas entre as suas tias, ele disse praticamente chorando:

– Conversem! Por favor, não briguem mais. Tia Bel, tente entender a tia Candoca. E se fosse você, o que faria no lugar dela? – O menino pronunciou isso puxando a mão direita dela e a abraçou com muito carinho.

No primeiro momento ela nem respondeu, estava nervosa, foi para o quarto e bateu a porta com fúria. Parecia sentir raiva até de Just que interferiu na briga. Ele viu que, depois que ele a abraçou, ela entrou no quarto completamente vestida de espinhos e pensou que a tivesse prejudicado. Mas com o decorrer dos anos cada vez que um desses espinhos a espetavam ela não percebia, mas era tocada. Tocada por um doce aroma de paz. E um desses espinhos era o que trazia a sensação de tranquilidade com a mudança de comportamento. Era o espinho que continha o pó do altruísmo. Esse pó era como um coquetel com vários ingredientes juntinhos, unidos em um mesmo recipiente. Com esse pó, a tia Bel passou a se colocar no lugar do próximo, a controlar a ansiedade para dizer as verdades ao outro no primeiro impulso, a refletir primeiro e tentar resolver a questão da melhor forma possível. Ela tomou consciência de que em uma discussão, sempre, mesmo quando estamos cobertos de razão, precisamos ouvir o que o outro tem a dizer, pois a versão do outro é muito importante. É preciso expor com palavras que não sejam agressivas a sua versão. Com esse pó a pessoa passa a saber, ou melhor dizendo, passa a sentir que o diálogo é a chave para muitas questões. Dialogar não é discutir. Uma discussão pode gerar brigas, mas um diálogo não. O diálogo é baseado no respeito mútuo; e quando ambos discordam, mesmo após o diálogo, ainda assim acabam por se respeitar da mesma forma. Basta se escutarem de fato com a alma, e não apenas com os ouvidos.

Às vezes, Hélio chegava à loja aflito. Sempre preocupado. Ele comentava que vários alunos não compreendiam a matéria dele, e que ele precisava buscar novas estratégias; mas o que mais o magoava era um aluno em especial, que demonstrava claramente que não era apenas a matemática que ele detestava, mas também o professor. A aversão desse aluno por ele o deixava chateado, e Hélio não conseguia reverter a situação. Independentemente de o dia ter sido bom ou não, Hélio se preocupava com esse aluno.

— Querido, como eu sempre disse, dialogar não é discutir. Tente se colocar no lugar desse seu aluno e sentir o que ele sente ao não entender a sua explicação. Se as pessoas soubessem se colocar no lugar do outro, muitos problemas não existiriam. O *bullying*, por exemplo, o que é? É a prática de atos violentos, intencionais e recorrentes. Se o agressor se colocasse no lugar daquele que ele está sofrendo o *bullying*, certamente saberia que não está brincando e sim magoando. A vida não é complicada, nós é que a complicamos. Você quer que eu converse com esse seu aluno?

— Lógico que não, Bel. Tem cabimento isso? Você às vezes tem cada ideia...

— Tudo bem, querido, eu só tentei ajudar. E se dona Hilda, sua mãe, conversar com ele?

— Bel, a escola é um lugar sério, não dá para levar minha mãe lá para resolver um problema que é meu. O que acha que iriam dizer? O professor de matemática chamou a mamãe para tirar satisfações com o aluno dele. Poupe-me, Bel.

Bel sorriu, pois sabia que de certa forma ele tinha razão; ela imaginou a cena e começou a rir. Hélio já estava começando a ser atingido pelo mesmo pó; era o pó do altruísmo dela juntando-se ao dele, pois ele já era desde pequeno um pouco altruísta. Nesse instante ele percebeu que Bel só tentou ajudar, então a puxou para seus braços abraçando-a carinhosamente, e ambos deram muita risada juntos por imaginarem a cena da mãe dele indo à escola tirar satisfação pelo comportamento de um aluno.

Aquele dia era especial

Hélio fora buscar a Bel na loja no dia anterior, e ela dormiu na casa de dona Hilda para saírem bem cedo no domingo, rumo a Embu das Artes. Os três, estavam muito animados. Levantaram-se bem cedo, tomaram banho e sentaram-se à mesa para tomar o café da manhã que dona Hilda havia preparado. Hélio colocava no carro os lanches que dona Hilda havia preparado para a viagem, caso sentissem fome na estrada; e enquanto isso, dona Hilda e Bel lavavam, secavam e guardavam a louça do café da manhã.

Saíram felizes para um passeio que prometia ser muito bom!

Na rodovia Régis Bittencourt (BR-116) encontraram trânsito. A viagem não deveria ser longa. Cerca de trinta minutos, mas sem trânsito. Com trânsito é imprevisível. As marchas do carro ficaram entre primeira e segunda o tempo todo do percurso até o pequeno acidente que havia na estrada. Não tinha como engatar uma terceira; por aí se percebe como estava parado o trânsito. Hélio comentou que parecia que São Paulo toda teve a mesma ideia que eles, todos estavam indo para Embu das Artes naquele domingo. Essa era a impressão que se tinha, mas em dado momento o trânsito começou a fluir. Dona Hilda então comentou:

– Incrível como as pessoas são curiosas. Isso é algo muito bom para o conhecimento, mas deve-se saber ser curioso para que se possa aplicar o conhecimento adquirido pela curiosidade para algo útil e do bem. No caso aqui, são bisbilhoteiros e aplicam a curiosidade para atrasar as pessoas, parando o trânsito para ver o acidente. Uma vergonha esse tipo de curiosidade. Demonstra falta de amor verdadeiro, porque, que eu saiba, nenhum desses que estavam atrapalhando o trânsito pararam para ajudar, e com isso ainda podem ter atrasado a chegada do socorro. A ambulância pode demorar a chegar por conta de um trânsito irresponsável desses. Será que as pessoas não pensam nisso?

– Não, Dona Hilda. É o que eu sempre digo: as pessoas não sabem se colocar no lugar do próximo. Acha que se elas estivessem envolvidas no acidente iriam querer essa montoeira de gente olhando? Lógico que não, né? Mas não pensam mesmo...

– Não teve feridos gente, calma. – Hélio comentou e riu. Continuou dizendo: – Agora o trânsito está fluindo, Embu das Artes, aí vamos nós!

Sim, dessa vez encontraram algumas novidades que poderiam ser adaptadas para a loja, mas eram apenas ideias. Encontraram também objetos rústicos de decoração e ficaram encantados. Bel viu um guarda-roupas apuana e ficou apaixonada:

– Veja, meu bem! Veja, dona Hilda! Esse guarda-roupas parece antigo, bem rústico. Se eu pudesse compraria um desses. Acho lindo! Você compraria, meu bem? – Bel olhou para Hélio assim que concluiu a pergunta.

– Só se for para o nosso cantinho. Se for para colocar na nossa casa, eu compro e já. Posso comprar? – Foi assim que tia Bel foi pedida em casamento. E na frente da sogra.

* * *

O shopping estava bem movimentado naquele sábado, dia da semana em que geralmente todos os shoppings lotam na capital de São Paulo. Os shoppings são considerados as praias dos paulistanos, e não é para menos: mesmo cobrando o estacionamento por tempo limitado, há filas para encontrar uma vaga. Aquela agitação toda não agradava em nada a Pedro. Pedro já era rapaz, mas um rapaz que permaneceu com as mesmas características que tinha quando garoto; muito barulho o incomodava e ele acabava por ficar mal-humorado. Era sério. Não era adepto de fazer amizades nem de conversas prolongadas, o que deixava dona Emengarda um tanto quanto sem graça, pois muitas vezes um vendedor ou outro tentava aproximação e fazia uma brincadeirinha com ele, na tentativa de agradá-lo, mas ele virava o rosto como se não o estivesse vendo nem ouvindo.

– Meu filho, o moço disse que esse tênis que você escolheu não serviu, mas ele trouxe tantos modelos bonitos e você nem provou. Tente ao menos colocar para ver como fica no seu pé. – Dona Emengarda pedia com palavras carregadas em doçura, mas Pedro era determinado. Se ele apontou para um modelo de tênis, não adiantaria mostrar outro para ele.

Esse perfil ele tinha não somente para a compra de um par de sapatos, mas para tudo: compras, amigos, paquera...

Tudo era escolhido a dedo por ele e não cabia substituição. Quando dona Emengarda insistia, como nesse caso do tênis, ele não dizia nada, apenas levantava-se e com cara séria, bem emburrado, e seguia para fora da loja, deixando sua mãe dentro da loja com semblante perdido, sem saber o que fazer. Era uma situação bem desgastante e conflituosa; mesmo assim, dona Emengarda ainda tentava fazer com que ele se interessasse por algo. Ela pensava consigo mesma que muitos rapazes gostariam de estar ali, passeando e fazendo compras, e o filho dela com aquela cara de bravo sem sentido algum. Algo tinha que ser feito para que esse menino amadurecesse e percebesse que a vida não era construída apenas para ele.

Pedro estava aflito, queria encontrar o tênis novo e ao mesmo tempo desejava ir embora daquele lugar barulhento. Dona Emengarda já estava ficando cansada, mas enquanto não encontrasse o tênis não adiantaria querer se encontrar com Just. Nervoso do jeito que Pedro estava, era capaz de Just sair decepcionado, e ela ficaria com vergonha da falta de educação de seu filho. O encontro "casual" estava marcado na praça da alimentação. Eles ainda não estavam na praça. Caminhavam pelo corredor de um dos andares do shopping, quando Pedro parou diante de uma cena que chamou a sua atenção. Era um espaço onde a decoração era no teto: uma sala de uma residência, montadinha no teto, como se fosse uma casa de cabeça para baixo. No local, coincidentemente, apesar de não existirem coincidências, estavam Just e Dona Judith conversando. Quando Just visualizou dona Emengarda e seu filho, sentiu que a oportunidade chegara, e não seria preciso aguardar a praça da alimentação. Just, no mesmo momento, foi em direção a Pedro dando-lhe o celular e pedindo:

– Posso pedir um favor? Tira uma foto minha com minha mãe nesse cenário?

Pedro pegou o celular e tirou a foto; Just então, como sempre muito animado, o cumprimentou, estendendo a mão direita, agradecendo pela foto e arriscando sem saber se Pedro iria ficar trajado de ouro ou de espinhos. Naquele instante não conseguiu visualizar o resultado, mas Pedro foi tocado com certeza por ouro ou espinhos, e Just saberia disso com o tempo.

– Dona Emengarda, que surpresa boa encontrá-la aqui!
– Eu é que fico feliz por vê-lo, Just! Este é meu filho, Pedro.
– Pedro! Esse é seu nome! Muito legal. Essa aqui é a minha mãe.
– Prazer, meu nome é Judith. Já que estamos em dois filhos e duas mães, o que acham de nos sentarmos em algum lugar para um cafezinho? Estou doida por um café – disse Dona Judith sorridente, cumprimentando seus mais novos conhecidos.

– Ah, mas esse lugar está tão gostoso, mãe. Parece que tiraram isso do livro que emprestei para dona Emengarda, é uma cena do livro! Muito legal. Nesse lugar "de cabeça para baixo" aconteceram encontros de amor entre a moça do livro e o Biju, o cara que ela se apaixonou. Muito legal! Pedro, você leu?

– Não li, mas quero ler. Minha mãe já devolveu o livro?
– Ainda não meu filho, mas eu preciso devolver.

– Leia primeiro, Pedro, depois eu pego.

– A conversa está boa, o cenário de fato é muito legal, mas não conseguiremos nos sentar de cabeça para baixo e eu estou cansada, meu filho! Acredito que dona Emengarda também. Podemos encontrar um lugar para nos sentarmos e lá conversaremos sobre o cenário. O que acham?

Pedro surpreendentemente gostou do jeito de Just, e algo naquele cenário chamou-lhe a atenção. Just havia dito que era o cenário onde havia um encontro de amor... *Talvez se lesse esse livro saberia como conquistar a Meire.* Enquanto Pedro seguia com esses pensamentos, Just foi tomando as providências que contemplariam a todos:

– Vocês querem café, mas nós não, né Pedro? O que acha se elas forem tomar o café delas, enquanto nós vamos tomar um sorvete? e depois nos encontramos?

Assim fizeram. Dona Judith ficou de passar um Whatsapp para Just assim que elas escolhessem um café para ficar. Deste modo eles saberiam onde elas ficariam esperando por eles, e eles iriam tomar o sorvete. Após o sorvete, Just foi com Pedro a todas as lojas para procurar os tênis que ele queria comprar. Dona Emengarda pôde descansar e curtir o passeio com uma conversa acolhedora junto a Dona Judith. Ambas simpatizaram uma com a outra, o que ajudou bem a dimanar os planos de Just.

Uma nova amizade começando com papo de paquera... É tudo de bom, tem mais chance de ser solidificada, e Just ficou feliz ao pensar nisso, e refletiu: *Finalmente, foi dada a largada.*

* * *

Como Just gostaria de voltar no tempo e aparar alguns detalhes...

Quando jovem, ele achava que tinha o mundo em suas mãos e que as coisas só sairiam erradas se ele não agisse corretamente. Mas ele tinha certeza de que agiria corretamente, de que era o dono da verdade. Muitas vezes, tímido ainda, entrava em contradição com seus próprios pensamentos e tomava consciência de que nada sabia em relação à vida, e que dali até muitos anos, era pouco tempo para tudo aprender. Admirava seu amigo Gilson, que era da mesma idade e já tinha tanta ponderação nas palavras... Sr. Orlando! Como era sensato e sábio! *Será que um dia ele, Just, seria assim?*

Os anos foram se desenrolando, e os desafios que apareciam não se desenvolviam como nas novelas. Muitas vezes ele ficava indeciso em como agir. Já a essa altura da vida, ainda não conseguia decifrar o enigma de seus cumprimentos. Como resolver a questão? Ele não queria que ninguém sofresse e que ninguém morresse no mundo, mas acabava causando sofrimento em algumas pessoas com seu toque...

Ao cumprimentar alguém, independente do que ele, Just A Touch, pensava, a pessoa já saía vestida de ouro ou de espinhos.

A cada dez pessoas que saíam dali cobertas de ouro, uma pessoa, em algum lugar do planeta, perdia a vida.

A cada vinte pessoas que saíam dali cobertas de espinhos, um ser, em fase terminal de vida, em algum lugar do planeta, recuperava toda a sua existência, ganhando mais um longo tempo de história nessa vida.

Just ficava cada vez mais intrigado, assustado e até amedrontado por não entender o que deveria fazer para desvendar a causa da situação, e encontrar uma solução. Ele não queria que ninguém morresse... Evitava cumprimentar as pessoas. Muitos até o achavam esnobe por isso.

Ele seguia no tempo, e cada empreitada que ele assumia era com muito empenho e dedicação. Na maioria das vezes conseguia concluir a expedição com a emoção de uma causa ganha, mas nem sempre isso ocorria. Quando não conseguia a atitude positiva, uma realização da forma como gostaria, ele ficava triste sem entender o porquê e achando-se culpado por isso. Já tinham sido tantas empreitadas assumidas... mas ele conseguia lembrar-se da maioria, com certa riqueza de detalhes, e tinha muito carinho por cada uma delas.

Recordava-se daquela empreitada marcante que o impulsionou para o bem na vida. Ele sentiu-se grato a todos da barbearia por isso. Foi um desafio assumido com todos e por todos dali, e com seus pais também. Dona Judith esteve ao seu lado em todo o desenrolar do primeiro encontro com Pedro e dona Emengarda no shopping. Aquele dia, o que parecia algo simples de acontecer, na verdade fora um desafio enroscado – porque Pedro não era a favor de fazer amigos. Mas eles conseguiram, ali, firmar o primeiro passo de uma grande e gostosa amizade. Como foi bom!

Pedro se sentia importante e sábio perto de Just, queria mostrar tudo para o seu amigo que era quatro anos mais novo que ele, e isso também foi um fator que contribuiu para que a aproximação acontecesse. O que parecia ser um entrave foi um acessório importante para que ambos se aproximassem.

Pedro gostou de se sentir respeitável, entrando nas lojas e explicando tudo sobre os últimos lançamentos de jogos, novos aplicativos da internet e canais do YouTube. Encontrou os tênis que, graças à influência de Just, foram selecionados por gosto, e não por preço; e assim os tênis escolhidos tiveram um preço acessível. Pedro ficou feliz da mesma forma. O passeio dos meninos no shopping fez a hora passar rápido e, quando notaram, Dona Judith estava telefonando para Just:

– Meu filho, veja seu Whatsapp, já passei diversas mensagens para você! O que aconteceu?

– Nada, mãe. Apenas nos distraímos e não sentimos o tempo passar.

– Pois é, aqui a prosa está boa também, mas Garda e eu temos coisas para fazer, não podemos ficar à disposição de vocês, não é meu filho?

– Ok, mamãe. Já estamos indo.

Dona Judith já havia passado no Whatsapp o ponto onde estavam acomodadas, tomando café e tendo uma conversa agradável. Ambas também se tornaram amigas de fato.

Tudo parecia transcorrer muito bem; para um primeiro momento foi melhor do que o esperado, mas como seria o final daquele encontro? Just começou a se preocupar quando Pedro lhe disse:

– Mas já vamos? Puxa que pena. Quando você pediu para tirar uma foto de vocês naquele cenário, que era uma casa de cabeça para baixo, você disse que lembrava o livro que você emprestou, e que o livro falava de amor. Eu não li o livro.

– Pedro, o livro ainda está com sua mãe. É muito legal. Leia e depois nos encontramos para falar dele. O que acha?

– Ah, sei lá cara... Não "tô" ligado nessas de amor não.

– Tudo bem. Você é quem sabe. – Just respondeu sem demonstrar muito interesse.

– Mas já que conheci o cenário... Vou ler sim. Depois conversamos. Tchau! – Pedro respondeu, mas na verdade o interesse dele era o amor, sim. Pedro estava muito apaixonado por Meire, só não quis abrir o jogo para Just.

Em casa, Pedro, com seu jeito de sempre, trocando poucas palavras com dona Emengarda, foi direto para o quarto. Queria pensar em Meire.

Antes, em seus pensamentos, a tomava nos braços mesmo contra a vontade dela e a beijava; no entanto, hoje já tomava o cuidado de, mesmo em pensamentos, apenas tocá-la com permissão. Foi um beijo mais real, mais gostoso e, sem dúvida, percebeu o quão repugnante era tê-la em seus braços à força.

O que mudou para que ele se sentisse mais humano assim? Esse era também um dos pensamentos que rondavam seu interior após a chegada do shopping.

Pedro agora já não mais pecaria contra a castidade. Seus pensamentos eram de paixão de fato, e não de um desejo repugnante. Sua primeira e principal transformação após o cumprimento de Just foi essa. Mesmo que não visse mais o novo amigo, apenas essa transformação já valia toda e qualquer tentativa de Just para o bem.

Outros encontros aconteceram entre eles e também entre as mães que se confirmaram amigas, mas o primeiro encontro já trouxe o que de principal precisaria: humanidade!

* * *

Just tentava observar mais algum detalhe, alguma coisinha que por mínima que fosse o ajudasse a decifrar o seu enigma. Sim. Era sem dúvida um mistério. Em seus pensamentos concluíra que acontecia apenas com ele, mas ele precisava solucionar isso. Desejava ser como os demais amigos e pessoas normais. Lembrou que quando criança, a princípio acreditava que era normal cumprimentar as pessoas e elas saírem com outras vestimentas. Atinava que isso era algo que acontecia com todo mundo. Mas notou, ao olhar para si mesmo, que ao cumprimentar alguém suas roupas ficavam intactas. Ele não tinha suas vestimentas transformadas em ouro ou espinhos. *Por quê?*

Observou também que quando as outras pessoas se cumprimentavam não tinham suas roupas transformadas. *Por quê?* Quando criança ele tinha muitos porquês para serem solucionados. Ele até se lembrava de ouvir alguns adultos dizendo entre si:

– Não ligue não. Just agora está na fase do por quê. Se deixar, ele não para mais de perguntar o porquê de tudo.

Diziam isso, riam e paravam de dar atenção a ele, que por sua vez se recolhia em seus pensamentos sem uma explicação clara do que acontecia.

O fato era esse, e não tinha como escapar:

Ao cumprimentar alguém, independente do que ele, Just A Touch, pensava, a pessoa saía vestida de ouro ou de espinhos.

A cada dez pessoas que saíam cobertas de ouro, uma pessoa, em algum lugar do planeta, perdia a vida.

A cada vinte pessoas que saíam cobertas de espinhos, um ser, em fase terminal de vida, em algum lugar do planeta, recuperava toda a sua existência, ganhando mais um longo tempo de história nessa vida.

Just ficava cada vez mais intrigado, assustado e até amedrontado por não entender o que deveria fazer para desvendar a causa da situação, e encontrar uma solução. Ele não queria que ninguém morresse... Evitava cumprimentar as pessoas. Muitos até o achavam esnobe por isso.

* * *

A amizade entre Pedro e Just se estreitou de fato, como todos almejavam. Pedro tinha tudo para se transformar em um bandido, maníaco e até estuprador. Algo em seu íntimo às vezes o tentava a isso. Mesmo tendo recebido educação de uma mãe dedicada como dona Garda, seu instinto de maldade sobressaía e a internet estava reforçando esse comportamento; mas então ele conheceu Just. Pedro se achava esperto, gostava de se colocar como melhor que todos na escola. Mas não pense que ele tinha boas notas, não. Difícil ter boas notas sem estudar. Pedro mal frequentava as aulas, vivia cabulando, e quando estava em sala de aula, seus pensamentos não estavam ali, chegava apenas de corpo presente. A princípio estreitou amizade com Just com a intenção de que ele falasse mais sobre o livro cujo tema era amor. Pedro teve preguiça de lê-lo, até se prestou a começar a leitura, leu duas páginas e pronto, já se entediou. Dona Garda, mãe atenta e dedicada, ao perceber que ele havia começado a ler o livro, logo jogou um comentário:

– Filho, até agora estou besta com o final da história...

Ele nada respondeu. Não queria falar de mulheres com sua mãe.

Horas depois voltou, mudou de ideia e tentou tirar de sua mãe a história, para ver que relação ele poderia fazer com a menina que ele queria.

– Mãe, conta logo, que fim é esse? Já vi que a mulher é doida por esse tal de Biju. O que ele faz para ela ser doida por ele assim?

– Pedro, toda mulher gosta de atenção e carinho. Leia mais e saberá. Não terá graça se eu te contar.

Não deu outra, Pedro passou um Whatsapp para Just no mesmo instante:

– Cara! Diz aí o que o cara fez pra mina do livro ficar doidona por ele, sem frescura!

Just leu a mensagem e fingiu não se importar. Não respondeu logo de cara, para não demonstrar interesse. Just já havia percebido que com Pedro tudo tinha que ser assim, aos poucos, sem ir com muita sede ao pote. Se demonstrasse descaso, Pedro se interessaria; caso contrário, ele esnobaria.

Meia hora depois, Just respondeu secamente:

"Desculpe, estou sem tempo agora. Estudando para uma prova. Mais tarde conversamos."

À noite, Just passou um Whatsapp para Pedro, fingindo nem se lembrar da pergunta. Perguntou se Pedro gostaria de fazer uma caminhada com ele no dia seguinte e, lógico, preguiçoso como sempre foi, Pedro recusou o convite, embora quisesse muito saber mais sobre a arte de conquistar uma mulher. Ele precisava saber disso. Esse era o seu foco de vida naquele momento. Just não insistiu. Percebeu que não faltaria oportunidade para um novo encontro acontecer, e então ele poderia saber mais sobre o novo amigo e aí sim, quem sabe, ajudá-lo de alguma forma.

Não tardou a acontecer o próximo encontro entre os dois, Pedro e Just.

Pedro não queria demonstrar, mas também estava ansioso para esse encontro, pois precisava conquistar Meire, nem que fosse por segundos. *Depois que ela estivesse com ele, aí já era, ele traçava.* Esses eram os pensamentos de Pedro antes de firmar a amizade sincera com Just.

Marcaram novamente as duas mães e os dois filhos, mas desta vez todos foram de ônibus. Combinaram de se encontrar em um SESC da cidade de São Paulo, onde a condução era fácil, e muitos ônibus circulavam por perto. Lá até almoçaram, no próprio restaurante do SESC.

Separaram-se novamente lá dentro, pois os assuntos e interesses dos filhos eram bem diferentes dos das mães, mas foi algo mais suave para ambas as duplas.

– Eu sempre quis fazer algum esporte aqui, mas nunca consegui vaga.

– Vamos aproveitar esse tempinho e tentar uma vaga para hidro? Já pensou? Nós duas fazendo hidroginástica aqui, juntas? Podemos nos matricular no mesmo horário, Garda!

As duas mães não perderam tempo e foram direto para a secretaria do local.

Enquanto isso...

– Pedro, vamos sentar ali para conversarmos melhor? Sinto que você tem algo a dizer.

Just tentou transmitir a firmeza de uma pessoa adulta. Embora fosse um garoto ainda, na verdade conseguia ser bem mais maduro que Pedro, sem dúvida.

A certeza de Just de que Pedro tinha algo a dizer vinha da pergunta que ele havia feito no Whatsapp e que Just deixou sem resposta.

Sentaram-se em um dos bancos do SESC, e ali mesmo Pedro lascou a pergunta:

– Cara, sem caô, o que o cara do livro fez? Por que você disse que aquele livro é bom para quem quer conquistar alguém?

– Você leu?

– Isso interessa?

– Não dá para falar de um assunto que a outra pessoa desconhece, Pedro. Uma leitura é um assunto bom para ser discutido, mas discutido com quem leu, quem sabe do que está sendo falado.

– Li.

– Então, se leu, porque me pergunta o que o Biju fez?

Com a segurança de um adulto, Just começou a dizer coisas que muitos adultos não teriam domínio para dizer, e nem para se colocar tão claramente como ele fez.

Pedro, sentindo a segurança em Just, ficou calado, mas o ouvia com total atenção.

E Just então disse:

– Desculpe-me Pedro, você disse para eu responder sem caô, ou seja, sem mentiras. Nunca precisará pedir isso para mim. Conheci uma vez um cara que dizia uma coisa e fazia outra. Eu sei que você não é assim, ainda bem, porque estou farto de gente que diz uma coisa e faz outra. Farto de pessoas que acham a mentira algo comum. É um falso testemunho onde o maior prejudicado é a pessoa que inventou. Tem tanta coisa errada por conta daqueles que se acham superiores quando, na verdade, sujeitos assim são seres muito desprezíveis.

* * *

Just estava disperso aquele dia, quase não notava o tilintar das abelhas em seus casulos, ou mesmo o brindar de bicos sedentos dos pássaros nos bebedouros instalados naquele doce jardim. Meditativo, Just caminhava no deleite de seus pensamentos. Era um lindo passeio escolar que os levava ao zoológico. Como seria bom se Pedro estivesse com ele, talvez conseguissem conversar tendo o prazer do ar puro e mostrar para Pedro como era bom estar ali. Quando chegou de seu passeio escolar, dona Judith, sua mãe, estava com suas tias Bel e Candoca, tomando o café da tarde na cozinha. Todas ficaram contentes ao vê-lo chegar entusiasmado com o passeio, e o convidaram para que ele sentasse junto delas e também apreciasse aquele delicioso café da tarde, contando-lhes sobre tudo o que conheceu no passeio. Just estava tão eufórico que sua fala saía com enredos cortados, não tinha sequência lógica de fatos.

– Filho, comece do começo!

– Mas é o que eu disse mãe, as abelhas tinham casulos, os pássaros bicavam as flores e a professora contou que a abelha é um dos principais insetos que fazem a entomofilia.

– Fazem o quê, Just? – perguntou tia Candoca.

– Entomofilia, tia. É quando os insetos fazem a polinização. Quando são as aves que fazem a polinização o nome é orniii...

– Ornitofilia? – Dona Judith arriscou.

– Isso mãe. Ornitofilia é quando as aves fazem a polinização.

Dona Judith então questionou:

– E quando é o vento? Sim, porque o vento também pode fazer a polinização, não é?

– Pode sim. Aí o nome é anemofilia. – respondeu Just, mas sem querer aprofundar esse assunto, pois não se sentia seguro para explicar como se processava a anemofilia. Só sabia que era quando o vento fazia a polinização.

Tia Candoca já estava ficando confusa, não tinha noção do que era polinização, que dirá saber que havia vários tipos de polinização. Bateu a palma da mão na mesa e disse em alto e bom som:

– Que diacho é esse troço de polinização, gente? Estou me sentindo uma perfeita ignorante! – E começou a rir de si mesma.

Todos riram com ela e Just endireitou as costas, sentindo-se importante, e começou a explicar:

– Tia, as plantas são organismos vivos que não saem do lugar, então, às vezes elas fazem uma autopolinização, mas elas precisam de alguém que faça isso para que elas possam se reproduzir. Entende?

– Não. O que é polinização, Just?

– Para que as plantas se reproduzam, elas precisam que o pólen chegue à parte feminina delas. Esse processo do pólen chegar até a parte feminina da planta é a polinização, e quem leva o pólen de um lugar para o outro pode ser o vento, os insetos e até os animais maiores. Então, a polinização é o transporte de pólen da região masculina da planta para a parte feminina. Entendeu?

– Ah, vou até tomar mais uma xícara de café, porque agora posso participar da conversa. Parecia conversa de bêbado, eu não estava entendendo nada. – Tia Candoca disse isso já virando mais café na xícara, e sorrindo em tom de gozação. Lógico que todos riram juntos.

– Mas uma coisa me deixou intrigado em um dado momento lá – disse Just.

– O quê, meu filho? A planta que não tiver a região masculina ou feminina para o pólen poder estar presente? – Dona Judith também disse isso sorrindo, em tom de gozação e já virando mais café na xícara. Todos sorriram junto com ela, inclusive Just.

De fato, todos estavam bem descontraídos e levando a conversa na brincadeira, apesar de ter sido uma conversa bem didática. Just sorriu e respondeu:

– Não, mãe. Chega com essa polinização. O que me intrigou em dado momento é que me lembrei de Pedro e achei que, se ele estivesse lá, aprenderia mais coisas e, quem sabe, no meio da natureza, compreendesse o quanto aprender e ser útil trabalhando é bom. Até as plantas têm a necessidade de alguém para germinarem...

Foi nesse instante que tia Bel interveio:

– Just, eu acho que não. Um simples passeio ao zoológico não seria o caso para que seu amigo Pedro desenvolvesse suas habilidades e competências. Teria que ser algo que puxasse pela responsabilidade dele. Não é isso que você quer?

– Sim, tia. Mas como?

– Dá até dó da Garda, a mãe do menino, Bel. Esse menino, digo, rapaz, porque já vai para quase dezenove anos, além de ser egoísta ao máximo, não tem responsabilidade nenhuma – disse Dona Judith.

Bel então sorriu, deu uma bicada na xícara, tomando assim um gole do café, e disse:

– Então... Acho que tenho a solução.

– Nossa, tia! Como assim?

– Vocês já ouviram falar em escotismo?

Todos se entreolharam, e houve um minuto de silêncio na mesa; e então tia Bel continuou:

– O escotismo é um movimento educacional que complementa os esforços da família, da escola e de outras instituições.

– Como assim? – Dona Judith perguntou.

– Ainda bem que você perguntou, Judith, eu não queria ser mais uma vez a que não entendeu. – disse Tia Candoca, rindo; e Judith espirrou um pouco de café que tinha na boca no momento de rir, e todos riram muito mais. Em seguida tia Bel continuou:

– É um movimento estudantil que tem por objetivo oferecer para a sociedade pessoas construtoras da paz com atitude, integridade e confiança, trazendo harmonia aos que as rodeiam.

– Nossa, tia! Como eles fazem isso acontecer?

– Ah, eles aprendem fazendo, têm vida em equipe desenvolvendo cooperação e liderança. Lá no escotismo o significado de respeito é profundo. São atitudes práticas para a vida, tornando-os protagonistas de suas próprias vidas.

– Nossa, tia! Até eu fiquei com vontade de participar. Quem pode participar?

– Aí é que está, porque você terá que motivar o Pedro para que ele tenha interesse em participar. O escotismo é aberto a todos, mas o interessado tem que querer, caso contrário não terá acesso ao ingresso.

– Mas é muito difícil convencer o Pedro de alguma coisa, ainda mais de algo que requer o tempo dele com atividades. Ele é preguiçoso.

– Se fosse fácil, não teria necessidade da sua ajuda, né, querido? – interveio dona Judith.

Tia Bel prosseguiu:

– Será muito bom para ele, e sei que ele sairá de lá mais amadurecido e responsável, pronto para ser parte de um mundo melhor, mas ele tem que querer. O escotismo incentiva o desenvolvimento de suas competências, fortalece seu caráter e desenvolve as suas potencialidades ao máximo, sejam elas físicas, sociais, afetivas e intelectuais ou espirituais, formando cidadãos responsáveis que sejam participantes ativos e úteis em suas comunidades.

– Explique melhor, Bel – pediu tia Candoca, desta vez mais séria por estar de fato interessada no assunto.

– É um movimento estudantil onde a pessoa tem que se sentir preparada para assumir o compromisso dos três pilares que esse movimento tem como base. O primeiro é o dever para com Deus, em que ele desenvolve sua espiritualidade, independentemente de sua crença; o segundo, o dever para com os demais, respeitando as diferenças e os diferentes, sendo responsável por todos os seres que o cercam, desde a família até a natureza; e o terceiro, o dever para consigo mesmo, que impulsiona o jovem a desenvolver suas potencialidades ao máximo.

– Nossa! É isso! Preciso convencer o Pedro a entrar nessa. Eu me inscreverei também e iremos juntos! Posso, né, mãe? Será que dona Emengarda deixará?

– Quem é dona Emengarda? A mãe dele não se chama Garda?

– Ai, tia Candoca, Garda é um jeito de abreviar o nome dela, que é Emengarda.

– Ah, tá.

– Just, vocês não poderão participar da mesma turma, devido à diferença de idade. Lá eles separam por faixa etária, o que eles chamam de "ramos". Você eu acho que entraria no ramo sênior, mas ele seria do ramo pioneiro. O ramo pioneiro recebe os jovens de dezoito a vinte e um anos. E não sei se eles aceitam que a pessoa já comece no escotismo no ramo avançado sem ter participado dos ramos anteriores. São coisinhas que você terá que verificar antes de incentivar o Pedro, para não perder tempo e piorar as coisas.

– Tem razão, tia. Entrarei no Google e levantarei o maior número de informações possíveis antes de começar o trabalho de convencimento. Pode deixar.

– Tenho um endereço bom para você entrar e pesquisar, eu passarei para você aqui nesse guardanapo agora, mas depois consulte outros. Eu, na verdade, não conheço nenhum, é que gosto de pesquisas e um dia encontrei alguns sites de escoteiros.

Just pegou o guardanapo com as anotações de tia Bel e subiu para o quarto, feliz e entusiasmado.

***

Praticamente todos os sábados acontecia o encontro de Just com Dona Hilda na varanda. Depois daquela tarde em que se conheceram, o combinado foi que uma vez por semana ele iria entrar e sentar-se na varanda. Ambos teriam outras conversas tão agradáveis como aquela, e assim foi feito. Acharam que o sábado seria o melhor dia da semana para os dois e igualmente combinaram.

Just, nesse sábado em especial, chegou carregando muitos livros, com um semblante carrancudo. Dona Hilda, que sempre foi perspicaz, notou que o semblante do rapaz não estava de muito agrado, mas não comentou logo de cara. Deixou que ele se sentasse e começasse a falar.

– Dona Hilda, antes do chocolate hoje eu preciso de um copo de água. Carreguei esses livros nesse sol quente e estou esbaforido. – Just pediu a água, soltou os livros sobre a mesinha de canto que havia na varanda e logo um sorriso o acompanhou. Aquele lugar o acalmava de fato, e a presença de dona Hilda complementava a sensação de paz a cada vez que ele chegava ali.

Dona Hilda, com o copo de água que trouxe no mesmo instante, logo indagou o que fazia ele ali com aquela montoeira, de livros em pleno sábado de sol; e Just prontamente respondeu, com ar mesclado entre raiva e indignação:

– Dona Hilda, acredita que fiquei de recuperação? Eu estudo bastante e vou bem em todas as matérias, só não consigo me sair bem numa matéria em que o professor cismou comigo. Hoje precisei ir à escola para assistir aulas de reforço com o professorzinho que tem lá.

– Como assim, Just! Professorzinho?

– Ai, dona Hilda, o Gilson, meu colega de classe, já me recriminou outro dia por eu chamar o professor de matemática de "professorzinho", sei que eu não deveria falar assim, mas fico tão indignado por ele ter me deixado de recuperação que acabo falando desse jeito.

– Entendo... Mas não existe professorzinho. É professor ou não é professor. Sabe, Just, às vezes achamos que as pessoas cismam conosco, mas não percebemos que nós é que cismamos com elas. Será que você não consegue ir bem na matéria dele justamente porque não o admira? Para assimilarmos o ínfimo de algum conteúdo que alguém se propõe a nos passar, precisamos no mínimo confiar nesse alguém, para conseguirmos escutar essa pessoa com a atenção merecida e necessária. Se você se opuser à pessoa, não conseguirá escutá-la e consequentemente não aceitará nada que venha dela. Nenhuma explicação que parta dessa pessoa lhe será útil. Entende?

– Sim, mas é que a senhora não o conhece. É um cara implicante e que pega no meu pé.

– Dê-me um exemplo de como ele é implicante.

– Ah, um exemplo claro é que ele não confia em mim. Sempre quer saber se eu fiz as questões que ele passou na aula anterior, e o fato de eu dizer que fiz somente não basta. Ele passa olhando o meu caderno e fazendo os comentários mais absurdos possíveis.

– Que comentários?

– Ah, depende. Geralmente ele olha, e se o resultado estiver certo, ele lança outro exercício que tenha o mesmo resultado para conferir se eu sei responder. Se eu fiz o exercício anterior certo, é lógico que saberei responder o outro que ele lança com o mesmo raciocínio... não há motivo para repetir o exercício.

– E quando você erra o resultado?

– Ele se abaixa perto de mim e começa a perguntar como cheguei naquele resultado, eu explico e em vez de dizer logo que eu errei, ele começa a conversar comigo tentando mostrar outra forma de raciocínio e nessa conversinha eu acabo chegando à conclusão de que errei. Por que ele não fala logo que eu errei? Porque quer que eu me sinta ridículo, só pode ser.

– Just, meu querido, não quero que ache que vou defender seu professor aqui, mesmo porque nem o conheço, mas vamos tentar entender o que ele faz. Concorda?

– Ai, Dona Hilda, falar desse professor me irrita tanto que nem sei se concordo.

– Just, sejamos justos. Sempre tentamos entender as pessoas, por que não tentaremos entender o seu professor?

– Está bem, Dona Hilda. Tente.

– Tente? Nossa! Ele tira você do sério mesmo, hein! Tentaremos juntos. Vamos lá. Primeiro quero saber se quando o professor vai olhar a lição de casa, ele passa olhando somente a sua lição.

– Não, lógico que não. Ele passa pelos corredores olhando uma por uma.

– Quando ele pede para que explique como chegou ao resultado, ele faz isso somente com você?

– Não, né, dona Hilda.

– Então se o comportamento do professor é igual com todos, por que acha que ele pega no seu pé?

– Porque como eu na maioria das vezes erro os exercícios, ele fica mais tempo na minha carteira.

– Just, você consegue se ouvir?

– Como assim, dona Hilda?

– Você acabou de me contar que erra os exercícios mais do que os outros. Não é o professor que erra. E quanto a ele ficar mais tempo na sua carteira, vejo isso como uma atenção especial que ele lhe atribui. Um professor particular faria isso, lhe daria atenção maior, e é isso que ele lhe proporciona. Ele sente que você, nessa matéria, precisa mais dele do que os demais alunos.

– É... eu nunca tinha pensado por esse lado, dona Hilda. Então de fato ele não pega no meu pé.

– Não. Quem não gostaria de ter uma atenção maior de um professor dedicado? Isso deve ser é causa de inveja entre seus coleguinhas, se quer saber. Da próxima vez que o professor parar em sua carteira, lembre-se disso, ok?

– Tá, ele pode não pegar no meu pé, mas não confia em mim nem um pouquinho, e não gosto de quem põe em dúvida minha reputação.

– Nossa, Just! Quanto ressentimento atribuído ao professor. Como assim, colocar em dúvida sua reputação? Acho que pegou pesado aí, hein?

– Dona Hilda, eu falo que fiz o exercício e ele tem que ver para crer! Poupe-me, né!

– Desculpe, Just, mas mais uma vez discordo de sua colocação. Ele não vai ver o exercício para crer, e sim para entender. Você mesmo disse que ele questiona a forma como você chegou ao resultado do raciocínio. A atitude dele, na minha visão, é só o cumprimento de um dever. O dever dele é não somente passar o conhecimento, mas certificar-se de que o conhecimento foi amplamente adquirido pelo aluno.

– E para isso eu tenho que explicar como eu penso? É, porque explicar como cheguei ao resultado é explicar como eu penso. O importante é o resultado, e não como cheguei nele.

– Quando você explica como chegou ao resultado e o jeito como abordou é diferente do jeito que o professor ensinou, ele diz que você está errado? Ele discorda de como chegou ao resultado?

– Não.

– Então, Just, ele respeita o aluno. Tem professor que acha que para chegar ao resultado só serve o raciocínio que ele ensinou e, na verdade, o livre-arbítrio de raciocínio cabe ao aluno. O professor só tem a ganhar respeitando e aprendendo uma nova forma de raciocínio com esse aluno.

Quando isso acontece, o professor está se colocando no lugar do aprendiz. Você ensina ao professor uma nova forma de raciocínio. Acho enriquecedora essa forma de ensinar.

– Caramba, dona Hilda, eu nunca pensei assim. Talvez a senhora tenha razão. Sempre impliquei com essas atitudes do meu professor, e com isso me afastei da matemática. Acredita?

– Sim, acredito. Infelizmente isso acontece com muitos alunos. Eu tive uma ideia. Vamos aproveitar que você está com seus cadernos de matemática aqui, mostre-me suas maiores dúvidas e eu vou escrevê-las em uma folha. À tarde peço para meu filho me explicar, e sábado que vem lhe darei uma aula de matemática, aí você mostrará para seu professor que aprendeu tudo. O que acha?

– A senhora faria isso, dona Hilda? Seu filho sabe bem matemática?

– Meu filho é professor de matemática. Se eu não conseguir lhe explicar, então marcamos um dia para você ter aulas com meu filho.

– Puxa, a senhora não existe mesmo. Muito obrigado, dona Hilda.

– Não tem de quê, Just. Todos nós estamos neste mundo para ajudar uns aos outros no que for possível.

Assim anteciparam o assunto da próxima semana na varanda.

No sábado seguinte

– Suas dúvidas maiores são com frações, certo?

– É, dona Hilda, tenho muita dificuldade em entender que, por exemplo, 1/4 é menor que 1/3. Eu vejo que em cima é igual, um e um, e embaixo o número quatro é maior que o número três, então para mim um quarto é maior que um terço. Mas diz o professor que não. Que um quarto é menor que um terço, e com isso dá um nó na minha cabeça que não tem tamanho.

– Então seus problemas acabaram! – dona Hilda exclamou sorrindo e muito contente. Pegou uma barrinha de chocolate e disse: – Pena que só tenho uma barra, você quer?

– Obrigado, dona Hilda, mas só tem uma, não seria educado querer para mim.

– O que acha se dividirmos esta barra? Aí você aceita?

– Sim, assim não resistirei. Sou fã de chocolate, desde muito pequeno – respondeu, pegando a barra e dividindo-a ao meio.

Dona Hilda pegou um lápis e um papel e registrou, começando a explicação sobre as frações, partindo de dados concretos vistos com o chocolate para chegar ao seu objetivo.

– Olhe só, tínhamos um chocolate inteiro: 1/1. Dividindo, embaixo colocaremos a quantidade em que o inteiro, no caso o chocolate, foi dividido, e acima colocaremos o número que pegaremos. Então, ao dividir ao meio, abaixo colocamos o algarismo "2"; e como ainda temos os dois pedaços, colocamos acima o algarismo "2" também. Então 2/2 simboliza o chocolate inteiro, porque mesmo tendo sido dividido ele ainda está inteiro diante de nós. Independentemente de quantos pedaços pegarmos, embaixo da barra sempre terá o algarismo que representa em quantos pedaços foi cortado. Assim, se pegarmos para cada um de nós um pedaço, abaixo da barra permanecerá o algarismo "2", mas acima ficará o algarismo "1", ficando 1/2.

– Então 1/2 representa a metade de algo?

– Isso. – Dona Hilda disse isso e prosseguiu: – Mas eu não quero metade, quero menos.

– Ah, dona Hilda, a senhora vai deixar mais chocolate para mim e isso não é justo.

– Just, por favor, pegue aquela metade e corte na metade, depois pegue a outra metade e corte na metade também.

Just obedeceu e notou que de "1" chocolate surgiram "4" quatro pedaços iguais. Ao notar isso, ele logo exclamou:

– Nossa, dona Hilda, a senhora fez multiplicar os pães!

Assim transcorreu a "brincadeira do chocolate e as frações". Logo trocaram a ferramenta usada, o chocolate, por uma massinha de modelar que ela ganhou como brinde em uma das feirinhas que visitou com a Bel. Dona Hilda fez com a massinha um modelo de chocolate para continuarem o raciocínio, porque Just estava doido para comer aquele chocolate e não conseguia mais se concentrar. Sem notar, Just foi se envolvendo cada vez mais com as jogadas do raciocínio. Algumas vezes até dona Hilda se atrapalhava ao explicar, afinal, não era professora de matemática, mas Just pensava junto para que ambos chegassem a uma conclusão; e isso fez daquela tarde um momento inesquecível de prazer.

Just já estava caminhando em direção a sua casa e conjecturando em como passou uma tarde tão prazerosa, mesmo raciocinando com a matemática que ele não gostava. Ele sabia que ainda tinha muitas dúvidas em matemática, mas em algumas o filho de dona Hilda haveria de ajudá-lo. Sim, ele e Dona Hilda anotaram algumas dúvidas para que ela consultasse o filho dela.

Chegando em casa, Just foi correndo contar para sua mãe sobre tudo que ocorrera naquela tarde de sábado e concluiu dizendo:

– Mãe, o filho dela deve ser muito inteligente. Ele sim é um "Professor" de matemática com letra maiúscula. – Just até estufou o peito para dizer essas palavras e ainda acrescentou: – Como eu gostaria de ser aluno dele...

* * *

Na barbearia, tudo transcorria da mesma forma. Ali todos pareciam ser do bem, e não havia o porquê de alguém duvidar. Just crescia, mas alguns hábitos eram preservados. O passeio a pé com o seu pai até a barbearia para que "ambos agradassem às garotas" era um compromisso que os dois não perdiam por nada. O Sr. Orlando, distinto e sereno, permanecia com a mesma classe e nobreza, lógico que ficando mais velho, pois já não mais se levantava assim que avistava Just chegando. Era difícil para ele levantar-se e sentar-se, sendo assim ele foi se privando de algumas coisinhas para facilitar seu dia a dia, e uma dessas privações era a de se levantar para abraçar o menino Just. Mas Just, que agora era um rapagão, ia direto cumprimentar primeiro o Sr. Orlando para depois cumprimentar os demais. E apesar de rapagão, ainda ganhava a barra de chocolate que o Sr. Orlando carinhosamente lhe oferecia.

Nesse dia, algumas surpresas foram reservadas no local. Just havia trazido o irmão de sua namoradinha para cortar o cabelo também. Quando os três, o Sr. Stanley, Just e Palin, apontaram à porta da barbearia, o Zeca ficou verde, abaixou a cabeça e saiu sem se despedir de ninguém. Como o movimento na barbearia era grande e todos estavam focados em Just, seu pai e o convidado, ninguém notou a saída de Zeca, que preferiu retirar-se do local rapidamente sem motivo nenhum aparente.

Palin, por sua vez, encabulado por estar em um local onde não conhecia ninguém, ficou pensativo, tentando se lembrar de onde conhecia aquele homem que havia saído de cabeça baixa sem dizer nada a ninguém.

– Como é que é, Just, você está namorando?
– E o Stanley deixou?
– Tá ficando velho, hein, Stanley!

Todos riam e brincavam com a situação, como sempre fizeram naquele ambiente, que era uma gruta do bem. Nunca tinham ouvido sequer menção de que Just pudesse estar namorando, antes eram apenas paqueras de menino.

– É sério, Stanley, avise a dona Judith porque ele já está até nos apresentando o futuro cunhado.

– Palin, não liga não, eles são assim mesmo, todos brincalhões, mas é gente do bem, fique à vontade – disse Just com um meio sorriso.

– Sente-se, Palin, isso mesmo, fique à vontade, não ligue para esse povo não, são das avessas. Quero que goste do corte e volte sempre. – o Sr. Rubens pronunciou já mostrando a cadeira à sua frente, para que Palin se sentasse e fosse o próximo a ter um novo corte de cabelo.

– Cadê o Mineirinho? Se o Mineirinho estivesse por aqui você iria ver o que é gozação. – disse o pai de Just.

Palin sentiu-se importante e pensou que de fato Just devia estar levando a sério o namoro com sua irmã, Meire; afinal, ele o tinha levado para conhecer um monte de gente que é do convívio dele, até seu pai. Chegou à conclusão de que Meire iria gostar de saber disso, e que ele contaria tudo a ela quando chegasse a sua casa.

* * *

No quintal havia três galinhas, um galo, um papagaio, uma tartaruga, três cachorros e um gato. O quintal de terra era amplo e tinha uma bela horta, além de uma árvore de poncã com cerca de 4 metros de altura, de copa arredondada e com perfume suave. Tinha também uma mangueira e uma jabuticabeira, onde as crianças amavam brincar. Subiam, desciam, subiam novamente... e se sentiam na roça, e não na cidade grande, quando estavam brincando no quintal da avó Filó.

Quando cresceram, não deixaram de frequentar o aconchegante quintal da vovó. Apenas mudaram o tipo de atividade que executavam no espaço. Os tios Alfredo e Godofredo tinham amarrado dois balanços de corda presos na mangueira, que eles preservaram mesmo depois das crianças crescidas. Elas gostavam de sentar no balanço e lá liam, pensavam, conversavam e brincavam com os animais que residiam no quintal.

 Ela estava terminando de regar a horta com a mangueira; esguichava água para todo lado, o sol estava quente e ela se divertia com o brincar na tarefa de limpar. Seus pensamentos fluíam agora ainda mais maduros, era uma mocinha ainda mais esperta e trabalhadora, e estava encantada com o seu primeiro namoradinho, Just. Ficou cativada com o conhecimento que ele possuía em quase todas as áreas, e isso a encantava. Um dia, ao contar para ele que havia uma árvore de mexerica no quintal da casa dela, ele disse: "Sabia que a mexerica é produzida por uma árvore espinhosa e a origem dela é a China? Ela foi introduzida aqui no Brasil pelos portugueses". Puxa! Como ele era esperto! Isso a encantava. Era dia de ele ir à barbearia, e ele havia explicado a ela como era esse passeio com o pai dele. Ela ficou enlevada com a forma com que o pai e o filho se relacionavam. Quanta falta faz meu paizinho... Meire pensava que um dia ainda poderia trazer seu pai para viver com ela; agora, com o passar dos anos, ele estava mais debilitado e ela não se conformava por ele ainda estar trabalhando no serviço pesado da roça. Começou a lembrar de quando Adelaide e Gilson tentaram apresentar Just para ela e não conseguiram. *É... o destino fazendo surpresas é muito mais delicioso; talvez se eles tivessem conseguido nos apresentar naquela época, hoje nós não estaríamos namorando. Vai saber...*

Dona Filó, sua avó, já não conseguia mais trabalhar como antes e, consequentemente, a renda financeira para tantas bocas ficou a desejar. A sorte foi que, com o exemplo de vida de dona Filó, as meninas evitaram filhos sem ter bases sólidas para criá-los. Espelharam-se na avó, não somente em seus atos bons, mas também no fato de ter dois filhos de pais diferentes e sem condição para o sustento. Dessa forma conseguiram perceber que esse não seria o caminho, e qual o melhor caminho seria, assim como o de dona Filó, procurar trabalhar bastante e aprender de tudo o que fosse do bem, e nunca se envolver em coisas ilegais. Essa lição elas absorveram, e bem. Meire precisou arrumar um emprego mesmo antes de se formar, para poder de fato ajudar em casa. Não foi difícil para ela encontrar uma posição no mercado, visto que sempre foi muito estudiosa.

Um dia, depois de muito procurar por uma colocação no mercado de trabalho, conseguiu uma vaga de ajudante em uma área de serviço social do estado de São Paulo. Ela apenas ajudava o Educador Físico. Ele ministrava oficinas e atividades pedagógicas voltadas ao desenvolvimento social com crianças e adolescentes, e monitorava o bem-estar dos educandos que participavam das atividades. Ele tentava compreender o universo desses participantes, articulava pensamentos e práticas que contribuíssem com essa demanda. Por ter cuidado dos irmãos e sempre ter usado esse mesmo propósito, Meire ajudava esse educador com maestria, se saindo muito bem e até propondo atividades inovadoras, que para ela eram comuns, pois já havia realizado, e muito, com seus irmãos.

Esse mesmo local foi ponto de estágio da professora Bel, a tia Bel de Just. Mesmo depois de formada como professora, apesar de não ter ingressado na carreira e ter seguido um ramo diferente, abrindo uma loja, tia Bel não deixou de frequentar seu antigo local de estágio para ajudar, no que fosse preciso, os alunos carentes que frequentavam aquele serviço social.

Um dia, Just precisava tirar uma dúvida sobre escotismo para prosseguir com os planos junto a Pedro, e Tia Bel estava visitando o serviço social. Ela estava orientando Meire, que tinha começado a trabalhar ali há pouco tempo, quando de repente Just apontou no local atrás de tia Bel. Meire e Just se entreolharam, e parece que algo no interior dos dois se modificou para melhor. Apaixonaram-se de imediato. Tia Bel os apresentou, e dali para a frente não se separaram mais. Começaram a namorar sem delongas.

* * *

Como é gostoso respirar ar puro. Realmente é um presente de Deus para quem pode residir em uma cidade do interior. O ar é inquestionavelmente melhor e incomparável ao ar da capital. Sentado no banco da praça de sua pequena cidade, Roberto seguia com os pensamentos voltados ao prazer que sentia por estar ali, sossegado, sem se preocupar com trombadinhas, assaltantes, horários impossíveis de se cumprir por conta de um trânsito infernal como aquele da cidade grande. A paz residia ali naquele banco.

O único problema que ele avistava em seus pensamentos sobre as cidades do interior era que, ao menos na dele, a Santa

Casa era mal administrada pelos prefeitos, que sempre sucateavam os insumos e pagavam pouquíssimo aos funcionários. Jovens que porventura vinham a se tornar médicos e eram frutos daquela cidade, geralmente seguiam sua profissão, e consequentemente a vida, nas capitais. A população do interior ficava sem muitos recursos quando precisava. Quando as pessoas realmente necessitavam se tratar de alguma doença mais específica, que requeria um conhecimento além do que a clínica geral podia oferecer, sofriam e muito.

Que humanidade é essa?, pensou Roberto, deparando-se com a indignação estampada em seu coração e em sua razão. Afinal, os prefeitos são eleitos pelo povo, por esse mesmo povo sofrido que é iludido por vários golpistas, seres falsos que se dizem humanos e se candidatam sem ter ao menos noção de quanta maldade fazem ao próximo através de suas ações voltadas para a ganância e o poder, e impedem a população de ser contemplada com suprimentos básicos para a sua existência; sem dúvida, a saúde de seu eleitorado é o básico do básico.

Os anos haviam se passado. Roberto trabalhou muito em várias capitais, fez seu nome e sua carreira com muito zelo, carisma e um perfil impecável de cidadão honesto. Perdeu oportunidades de deliciar-se junto a sua amada e falecida esposa, muitas e muitas vezes, porque em sua cidade o serviço de reportagem era restrito. Ele trabalhava a princípio na sede do jornal local, mas com a experiência adquirida, o jornal começou a custear viagens para que ele garimpasse notícias frescas, trazendo-as para o deleite da cidade. Passava semanas fora, e foi em uma dessas viagens que sua esposa precisou de socorro médico na cidade, e não havia nenhum médico de plantão naquele dia de luto. Quanta tristeza ele carregava no coração por esse acontecimento. Sentiu-se por diversas vezes culpado. Achava que, se ele não tivesse demorado tanto naquela reportagem sobre o desmatamento na Amazônia... Bem sabemos como é doloroso esse sentimento, mas sabemos também que Roberto não tinha responsabilidade nenhuma sobre esse incidente.

Com o tempo, a culpa e a dor amenizaram, mas ele jamais esqueceu esse acontecimento, nem tinha como esquecer. Hoje aposentado, sentado naquele banco, conseguia refletir melhor para tentar uma forma de amenizar essa situação na cidade; não conseguiu salvar a esposa na época, mas agora, com mais tempo para si mesmo e para seus propósitos, quem sabe pudesse fazer algo para que futuras famílias não passassem pela mesma dor que ele sentira com a perda. Perder um ente querido pode ser inevitável, faz parte da vida, mas perder por falta de socorro médico é um crime perante a sociedade. Ele tinha que fazer algo para mudar os rumos daquela situação.

* * *

Lucas passou por muitos conflitos. Eram conflitos internos e externos, mas algo o conduzia sem medo em seu íntimo para aquele destino. Andou tanto, e tão sem rumo, que quando viu estava em uma estrada. Aquela rodovia o levaria a um destino melhor. Sim. Essa foi a conclusão que ele tirou quando se viu em uma rodovia. Caminhava, fazia sinal pedindo carona, mas ninguém parava; até o momento em que aquele caminhão imenso parou na beira da estrada:

– Para onde vai, menino?

– Meu destino Deus é quem sabe, mas preciso que o senhor me conduza até lá.

– Essa agora. Por acaso acha que sou assessor de Deus, rapaz? Sobe aí, e vamos logo que estou com pressa – disse o caminhoneiro, ao mesmo tempo em que puxava uma corda para que a porta do passageiro se abrisse e Lucas pudesse adentrar no caminhão.

A princípio Lucas ficou meio receoso com a aparência do caminhoneiro; mas já tinha visto todo tipo de homens maus, e sua experiência indicava que aquele só tinha a aparência, a cara bem fechada que usava como escudo para a própria defesa, afinal, ele não conhecia Lucas.

– Obrigado, senhor. – Lucas acomodou-se no pequeno espaço que havia para sentar, visto que o banco, além de velho, rasgado e sujo, estava lotado de latas de cerveja e refrigerante vazias que o caminhoneiro recolhia nos lugares em que parava, e depois vendia para adquirir uma renda extra.

Ambos seguiram viagem de boca fechada. Algumas vezes Lucas até lançava uma pergunta ou algum comentário, mas o seu parceiro de viagem não gostava de conversas, não queria fazer amizade nem saber sobre o que se passava com Lucas.

– Rapaz, olhe em meus olhos. Vou lhe dizer uma coisa e você terá duas opções depois disso. Obedece ou cai fora daqui. Ok?

Lucas olhou nos olhos do caminhoneiro e assentiu com a cabeça.

– Se pensa que ficarei fragilizado com sua história, seja ela qual for, está enganado. Não tenho interesse em sua história de vida, e quanto à minha, reservo-me o direito de preservar. A carona eu lhe darei de bom grado, mas sem conversas. Caso contrário, prefiro que você saia daqui. Entendeu?

Lucas seguiu o restante da viagem sem emitir nenhum som.

Aquela estrada que cortava o Vale do Paraíba era bonita demais, e pelas placas que indicavam as cidades pelas quais passava era possível saber que estavam na Rodovia Presidente Dutra, estrada que liga São Paulo ao Rio de Janeiro. Mas Lucas não sabia ler, e como nada podia perguntar, continuava a seguir viagem sem saber seu destino.

O rio que passava beirando as margens da estrada ao lado direito de Lucas, aquelas montanhas que envolviam as cidades, com gado e muito verde... Tudo aquilo lhe proporcionava uma sensação de conforto. Era algo interessante, porque mesmo sem nunca ter passado por aquele caminho, nem visto aquele rio, aquelas montanhas verdes, tudo lhe dava uma sensação familiar.

A certa altura, num impulso impensado, pulou do caminhão indo direto ao chão. Um perigo o que ele fez, poderia ter perdido a vida, mas foi sem querer. Aquilo tudo o atraía, e em uma daquelas cidades ele quis ficar. Por sorte não se machucou. Só Deus sabe como ele conseguiu essa feita, mas conseguiu; e o caminhão seguiu viagem como se nada tivesse acontecido.

Lucas entrou em uma das cidades, pisou na praça central como quem entra na sala de uma casa, e de fato era. Era a sala da próxima casa dele por algum tempo, até que conseguisse um acolhimento. Viu uma linda casa bem cuidada, porém com um vasto jardim que possuía características de abandono, e tocou a campainha oferecendo-se para cuidar do jardim. Foi ousado, visto que não tinha conhecimento sobre plantas e tampouco sobre as ferramentas de jardinagem, mas acreditou que teria capacidade de carpir aquele mato mesmo que com as próprias mãos, e plantar algumas sementes se a dona do local desejasse e mandasse.

Era dia de sorte para Lucas, pois a dona da casa apreciou a ideia:

– Mas você está sem ferramentas para o trabalho. Entende de fato de plantas?

– Senhora, eu venho de São Paulo e não trouxe nada. Quanto a entender de plantas, acredito que conseguirei ao menos limpar esse mato para a senhora, e se quiser poderei tentar plantar alguma semente que a senhora desejar. Abacate mesmo é fácil. Basta a senhora me dar o caroço da fruta e eu planto.

– Tem bastante mato aí. Só de retirar o mato já será uma grande coisa, mas quanto você cobrará pelo serviço?

– Pode ser um prato de comida e já me dou por satisfeito! Depois, se gostar do serviço, poderá me indicar para outras casas, por favor.

Assim foi a chegada de Lucas para uma nova vida.

* * *

– Opa! Pode deixar que hoje eu lavo a louça do almoço. É dia das mães e pouparei vocês duas. – Pedro levantou-se, recolhendo os pratos e talheres que estavam sobre a mesa.

Sim, esse era Pedro agora: responsável, tentando fazer o melhor que podia para agradar as duas mulheres de sua vida – dona Garda, sua mãe, que conhecemos bem, e sua esposa Mônica.

Mônica era um pouco espevitada, mas conseguiu, com seu jeitinho dengoso, que Pedro abrandasse o coração, a forma de falar e as atitudes como um todo.

Quando mais jovem, Pedro era propenso a ter um destino bem diferente; seus pensamentos eram maldosos, era vagabundo e preguiçoso, e ficava o dia todo no computador envolvendo-se com pessoas de má índole.

Entretanto, ao conhecer Just, cujo propósito era ajudar a melhorar a educação de Pedro, tudo começou a mudar. O amigo empenhou-se muito para corrigi-lo, a ponto de se inscreverem juntos para o escotismo. Não puderam participar da mesma turma devido à diferença de idade entre ambos, mesmo assim Just se inscreveu e conseguiu fazer com que Pedro se inscrevesse. O objetivo da inscrição de Just, mesmo sendo em outra turma, era para que tivessem assuntos em comum, ideias para trocarem juntos, e assim ele, Just, poderia efetivamente participar das evoluções de Pedro.

Deu certo! Pedro foi aos poucos se tornando uma pessoa bastante reflexiva, chegou a fazer uma pequena horta com vasos no apocado espaço que tinha no quintal. Dona Garda dizia:

– Pedro, meu filho, aqui não temos espaço para isso. Sua horta não dará frutos.

– Mamãe, eu sei que não temos espaço para horta, mas estes vasinhos aqui não atrapalharão em nada. E teremos algumas coisinhas orgânicas para nossa alimentação, sem contar que isso aliviará o peso nas sacolas que a senhora traz do mercado. O que acha?

– Bom, meu filho, se é assim, e se você acha que vale a pena, siga adiante.

Antes eram gritos e incompreensões, mas agora esse era o novo tipo de diálogo que transcorria entre Pedro e sua mãe após seu ingresso no escotismo. Lá ele compreendeu a importância do respeito e da responsabilidade para com os seres que o cercavam, não só com a família, mas também com a natureza. Esse foi um grande avanço, mas não foi o único.

Você deve estar lembrado de que Meire não queria nem conversar com ele, mas ele insistia; e ao pensar nela em seu quarto, tinha pensamentos obscenos em que a obrigava a carícias involuntárias. Pois bem, ele não teve mais esse tipo de comportamento que, certamente, sem a influência de Just, tenderia a torná-lo em um futuro homem sem lei, talvez até mesmo presidiário. No entanto, Just o conduziu ao escotismo e, além disso, ambos saíam juntos ao menos uma vez por semana para conversar.

Pedro tinha à sua frente um amigo confiável e que lhe proporcionava ótimos exemplos de comportamento e de índole, alguém inquestionavelmente do bem. Pedro foi desenvolvendo sua espiritualidade e seus deveres para com Deus e os seres vivos em geral. Tornou-se praticamente outra pessoa. Ele agora tinha deveres para consigo mesmo que o impulsionavam a desenvolver suas potencialidades do bem ao máximo.

Ele passou a ser mais compreensivo; e como Meire fazia parte de seu tempo de más lembranças, passados alguns meses ele já não tinha mais a mesma paixão por ela. Pensar nela o levava a lembrar dos pensamentos ruins que teve sozinho em seu quarto, quando era irresponsável, e isso ele não queria mais. Um dia ele se apaixonaria por outra mulher que tivesse realmente interesse por ele, e aí sim, o sexo seria envolvido no amor de ambos, aí sim valeria a pena pensar em sexo e até investir no relacionamento. E para esse momento, era preciso aguardar que um dia essa mulher apareceria. Assim ele passou a pensar, até o dia em que Mônica surgiu em sua vida e ele foi atraído de pronto pelo olhar doce daquela moça, e ela ficou atraída pelo sorriso encabulado que ele lhe ofereceu no mesmo instante.

* * *

– O que foi menino? – indagou a avó Mariquita para Just, e exclamou: – Lugar de menino não é nessa sala hoje, vá para outro lugar. Aqui é só para mulheres.

Just, além de curioso, estava preocupado, porque quando as primeiras convidadas chegaram ele ainda estava na sala, e por isso as cumprimentou. Qual seria a consequência daquele cumprimento? Ele não queria prejudicar o chá de cozinha de tia Bel por nada nesse mundo, afinal, era uma tia muito querida e que merecia o seu total respeito. As avós, Adélia e Mariquita, junto com tia Constança, organizaram aquele evento com muito carinho, e Just gostava e respeitava a todas. Ele não se perdoaria se algo desse errado por ter cumprimentado alguém. Notou que algumas pessoas que ele cumprimentou sentaram-se no sofá, e ao se sentarem já estavam trajadas em ouro... Outras nem se sentaram, ficaram em pé com as vestimentas e até os sapatos cobertos de espinhos. Além disso, o entusiasmo durante a semana toda, por todos da casa, causou-lhe uma curiosidade imensa. *Por que ele não poderia participar? Por que somente mulheres?*

Atrás da cortina, Just então resolveu observar a tudo.

Tia Constança começou:

– Vamos fazer a brincadeira "Reconheça a história".

No início da festa, foi pedido para que cada convidada escrevesse uma situação engraçada vivenciada com a noiva. Todas colocaram as histórias em uma caixinha, e naquele momento da festa a noiva lia uma história por vez, tentando adivinhar quem a tinha escrito. Quando tia Bel adivinhava, a convidada entregava o presente e pagava um mico; mas quando ela errava, a convidada se levantava e, antes de entregar o presente, a tia Bel tinha que pagar o mico.

Entre tantas histórias, a da tia Candoca teve maior destaque:

"O carnaval se aproximava e uma semana antes a multidão já estava seguindo blocos em um sábado de sol, atrapalhando o trânsito onde você e eu nos encontrávamos. O trânsito era grande e uma de nós exclamou: 'Olhe, é sábado de aleluia!'. Rimos muito aquele dia. Como poderia ser sábado de aleluia se ainda não havia passado o carnaval?".

Lógico que tia Bel, ao ler essa história, lembrou-se de como riram gostoso aquele dia. Lembrou-se que ela e tia Candoca ficaram até com dor no estômago de tanto rir e, portanto, foi tia Candoca quem teve que pagar o mico. A história podia até não ser a mais engraçada, mas tia Candoca a transformou em risos gerais, pois as caras e bocas de tia Candoca eram indescritíveis.

Tia Candoca fez todas rirem naquele chá de cozinha, moças e senhoras. Era uma alegria imensa, contagiante, que se espalhava no ar.

* * *

Os anos foram passando, e as dificuldades de Just em matemática foram supridas com o auxílio indireto do filho de Dona Hilda, que gentilmente o ajudava em todas as dúvidas e cálculos matemáticos. Bastava questionar, passar a dúvida para Dona Hilda e a explicação vinha na semana seguinte com uma riqueza de detalhes que não deixava equívocos. Deu até vontade de virar matemático também.

– Dona Hilda, eu nem sei como agradecer esse seu filho! Ah, se todos os professores de matemática fossem como ele...

Just não se esquece daquele momento...

Just não conhecia o noivo, mas só podia ser um homem íntegro, pelo que tia Bel dizia. Quando ele foi à casa de Just, não se encontraram porque Just estava acampando; foi na fase do escotismo, e ambos deixaram de se conhecer.

Mas o grande dia chegou. O casamento de tia Bel!

Era um corre-corre danado. Todos aquela semana estavam cuidadosamente articulando cada detalhe para que nada desse errado. Tia Bel deu carta branca para que cada um de sua família convidasse alguns amigos, desde que a informasse antes, para que ela tivesse condições de fazer uma recepção à altura. No caso de Just, tia Bel disse:

– Just, porque não convida aquela senhora que o ajudou tanto, e o filho dela, que fizeram o milagre de fazer você se interessar de fato por matemática?

– Convidei, tia, mas o filho dela se casará no mesmo dia que a senhora. Acredita? Uma pena. Eu gostaria muito que vocês a conhecessem.

Just não se esquece daquele momento...

Na igreja, muita gente. Just, aflito, andava de um lado para o outro, sorrindo como forma de cumprimento, para evitar problemas futuros. Se ele teve receio de prejudicar alguém no chá de cozinha, imagine no casamento. E foi nesse transpassar de lados que se deparou com Dona Hilda chegando aflita, dizendo que estava um pouco atrasada e indo em direção ao altar.

– Dona Hilda! A senhora aqui? Que legal! Resolveu vir prestigiar minha tia? Mas... E seu filho?

– Hélio? Está lá, no altar.

Foi assim que Just percebeu que seu grande mestre, filho de Dona Hilda, era o professor que ele não gostava na escola, mas que admirava na casa de Dona Hilda. Para completar, todos seriam, a partir daquele dia, membros de uma mesma família, visto que o noivo de tia Bel era a mesma pessoa. Hélio, noivo de tia Bel, professor Hélio e filho de Dona Hilda. *Que mundo pequeno*, refletiu Just.

Não que o mundo seja de fato pequeno, mas ele tem lá seus limites e suas extravagâncias, para nos mostrar que muitas vezes somos nós que implicamos com as pessoas que, aos nossos olhos, à primeira instância, achamos que implicam conosco. Em acontecimentos e relações improvisadas, como essa do "Hélio", os fatos nos levam a reflexões profundas para que possamos nos reavaliar e reavaliar nossos comportamentos. E foi assim que Just seguiu se avaliando.

* * *

– Pois é... É vida que segue, meu caro rapaz! – Roberto fez esse comentário com um vasto sorriso nos lábios por estar sentindo-se pleno, conseguindo alcançar seus objetivos. Ambos, Roberto e Lucas, sentados no banco da praça, comentavam felizes suas passagens no decorrer da vida.

– Quantas lembranças nós trazemos no lombo, não é mesmo, menino?

– No lombo!? – surpreendeu-se Lucas.

Roberto apenas sorriu e disse em um tom prazeroso:

– Está certo, menino! Trazemos muitas passagens, conhecimentos, experiências, boas e más, mas todos os aprendizados que carregamos conosco não estão somente nas costas, mas se distribuem em cada poro de nosso ser...

Pensativo, Roberto continuou:

– Veja você, era menino ainda quando apareceu aqui na cidade, mas trazia consigo marcas de uma vida, e já conseguiu de cara um emprego de jardineiro para sobreviver de forma digna. E hoje você me assessora na prefeitura com muita presteza e habilidade. Quero que saiba que tenho muito, mas muito orgulho de você.

Lucas ficou merecidamente orgulhoso de si mesmo ao ouvir aquelas palavras de Roberto, mas conseguiu compreender que aquelas expressões não o faziam melhor nem pior que ninguém; e então respondeu com sua sabedoria peculiar e verdadeira:

– Sr. Roberto, eu apenas faço meu papel, desempenhando o meu melhor no cargo que me foi atribuído.

– Sim, Lucas. Muitos acham que desempenhar corretamente suas atividades em seus cargos é uma virtude, mas na verdade é uma obrigação. Quando nos propomos a trabalhar por algo, temos a obrigação de fazer o trabalho com todo respeito e habilidade possível. Não é essa a questão aqui. O orgulho que tenho em relação a você vai além disso. Você teve todas as chances para se tornar um marginal da sociedade, mas não. Você foi à luta. Chegou aqui perdido, sua mãe havia falecido e você estava sem estrutura nenhuma, seja econômica ou emocional; ergueu a cabeça e não se fez de vítima, mas sim um ser de luta. Quando nos conhecemos, lembro-me bem, nesta mesma praça, eu recém-aposentado e você recém-chegado nesta pequena cidade... – Roberto calou-se, um pouco saudoso daquele momento, como se estivesse tentando reviver aquele dia.

– Ei, menino!

– Sim.

– Vi você cuidando daquele jardim. Você tem muito jeito com as plantas.

– Estou aprendendo, senhor.

– Quer aprender mais?

Roberto repetiu, com voz baixa, na íntegra, o primeiro diálogo entre ele e Lucas e, voltando para o momento em que transcorria, completou:

– Você lembra, Lucas? Comentei sobre a possibilidade de você estudar fazendo supletivo; geralmente os rapazinhos não querem, fogem nessa hora. Falar em estudar para eles é algo muito chato, no entanto seus olhinhos brilharam ao sentir a possibilidade de adquirir conhecimento e participar efetivamente da sociedade. Matriculei você no supletivo e, embora tivesse muita dificuldade, você foi galgando cada etapa com sacrifício e perseverança invejáveis.

– Obrigado por tantos elogios sr. Roberto, mas sou eu que devo elogiá-lo, devo muito ao senhor, afinal, como o senhor mesmo disse, quem fez minha matrícula no supletivo me proporcionando essa oportunidade? Sem contar que todos os dias o senhor trazia o almoço para eu comer aqui na praça. O senhor conseguiu até que o padre me deixasse tomar banho lá no banheirinho da sacristia da igreja e, com o tempo, passei a tomar conta da igreja e dormir por lá. – Lucas concluiu a fala rindo, e despertou mais risadas de Roberto.

– Só uma coisa... o senhor vai me desculpar, mas não foi aqui na praça que nós nos conhecemos, não.

– Não?

– Quando o vi aqui, sentado no banco, fiquei achando que o senhor era parecido com alguém que eu conhecia e, intrigado, fiquei tentando lembrar quem era, até que lembrei. Foi o senhor mesmo que um dia lá em São Paulo falou: "Preciso que me indique um hotel com preço acessível e que seja familiar". Eu não sabia o que era acessível e muito menos familiar, então saí correndo.

Ambos riram muito. Roberto não se lembrou do ocorrido, mas achou engraçada a forma como Lucas repetiu sua fala.

Tudo depois de sua aposentadoria correu mais rápido. Foram anos de puro jornalismo profissional, e ele tinha a vontade de ajudar mais, contribuindo com uma sociedade totalmente carente; mas ao conquistar a aposentadoria, conseguiu dedicar-se até mais do que esperava. Roberto se achava no dever de auxiliar, tentando ajustar muitas coisas que ele reprovava. Ele sempre teve consigo a opinião de que as repreensões puras e tão somente críticas não colaboram para o bem comum; apenas reconhecer que algo está errado não resolve. É preciso ir além, deixar o coração agir; e foi em uma dessas reflexões que ele gostava de fazer, sentado no banco da praça, que ele avistou Lucas. Com o menino ele deu vazão às ações do coração.

Roberto já era respeitado na cidade pelo trabalho de jornalista que durante anos desempenhou com afinco, mas depois que começou a colaborar e, em alguns casos, até encabeçar projetos que resultavam em contribuição para a população carente, ele passou a ser requisitado para tudo na cidade, e em outras cidades também. Sua palavra e suas colocações, atitudes e contribuições eram sempre bem-vindas, havendo muito respeito em tudo que partisse dele. Sendo assim, logo ele foi requisitado para candidato à prefeitura da cidade. A princípio não levou a sério, mas depois de tantas falas a favor, pensou em de fato aceitar o convite. Sentiu-se honrado e achava até que perderia a eleição, mas o coração mandava aceitar e ele acolheu a ideia.

O primeiro passo foi uma vasta reflexão com seus botões no banco da praça. Essa conversa consigo mesmo durou horas, mas saiu dali com algumas atitudes delineadas. A primeira era escolher seu candidato a vice, que ele já tinha em mente. Após a reflexão, concluiu que Lucas tinha todos os pré-requisitos para ser seu vice. A questão era convencer o partido e convencer o Lucas. Saiu dali animado, mas nem tudo o que fazemos e pensamos de positivo tende a dar certo tão somente porque agimos com o coração; a realidade nos traz à razão, e muitas vezes precisamos mudar algumas estratégias. Roberto não conseguiu que o partido aceitasse Lucas como vice-prefeito, mas após ter sido eleito, nomeou Lucas como seu assessor e braço direito no gabinete.

Em sua visão, as áreas da política não se traduzem em trabalhos efetivamente produtivos devido à má escolha dos funcionários que compõem as repartições públicas. Roberto procurou compor seus funcionários com pré-requisitos bem diferenciados.

Em primeiro lugar, para cada repartição pública seria exigido dos funcionários um grau de escolarização, sendo que o mínimo seria o segundo grau completo; seria como contratar um médico, que para ser médico deve ter no mínimo o estudo em clínica geral, então, para seus funcionários o mínimo era uma base estudos. Em segundo, a teoria estudada era importantíssima, mas tinha que estar atrelada a uma experiência vivida. A teoria sem a experiência, na visão de Roberto, era apenas uma informação, não gerava ação produtiva. Em terceiro lugar, a prática na resiliência e no altruísmo eram fundamentais para compor sua gestão.

Eis os três pilares que regiam a plataforma de governo na prefeitura de Roberto. Lucas era o grande potencial que trazia em si, deliberadamente em sua vivência, os três pilares, e auxiliava Roberto com tamanha amplitude de ações que passou a ser o nome mais indicado para ocupar futuramente a vaga de prefeito como sucessor de Roberto. A parceria dos dois deu tão certo que eles passaram a ser convidados para palestrar em outras cidades, orientando e sugerindo estratégias de ação que colaborassem com a sociedade, fosse esta carente ou não. Munidos da prática em lidar com as dificuldades, assim como da sabedoria de se colocar no lugar do outro, os dois e também os demais funcionários, conseguiam ouvir de fato os problemas. Não apenas ouviam, como também pediam sugestões, que depois analisavam com calma; e a cada parecer era fornecido um retorno que esclarecia o porquê de ser adotada a ideia ou não.

Saber ouvir muitas vezes resolve a questão apenas pela prática da escuta, tornando desnecessária qualquer outra atitude. Apenas colocar-se no lugar do orador e ouvi-lo verdadeiramente ajuda imensamente.

* * *

Palin seguia para sua casa acompanhado de Just, mas ainda encafifado por causa daquele homem careca, que saiu da barbearia assim que ele chegou... Ele não lhe era estranho, sabia que o conhecia, ah, isso ele tinha certeza, só não sabia de onde... Palin mantinha em suas virtudes a característica de bom fisionomista, e uma vez apresentado para alguém, esse rosto para ele era registrado em memória. Ele até se lembra de uma lição aprendida com um amigo que teve, que era morador de rua e chamava-se Lucas:

– Cara, eu vou mandar uma direta pra base na rua, tá ligado? Nunca fixe seu olhar em uma dessas caras aqui do beco. São perigosos, e se acharem que você pode reconhecer um deles, tu tá ferrado. – Esse foi um alerta que Lucas concedeu ao amigo, mas Palin nem precisava fixar o olhar no rosto de ninguém, era instintivo, ações acopladas, bastava ver e guardar.

Falando em Lucas, por onde será que anda meu amigo? Era da rua, mas ao mesmo tempo não era. Seu coração batia como um lar. Palin seguia pensando, e foi justamente enquanto pensava e relembrava seu amigo Lucas que obviamente vieram à mente ocasiões em que esteve com Lucas; e em um desses momentos, passou como um relâmpago em sua mente o rosto daquele careca da barbearia. *Nossa! Por que será que aquele homem veio à mente junto com Lucas? Estou misturando tudo. Lucas não tem nada com isso, nem o vejo há anos...*

Foi em meio ao refutar de ideias ligadas a Lucas que a imagem de Zeca cada vez mais se aproximava, e então ele perguntou para Just o nome do homem careca que estava na barbearia e saiu, assim que eles chegaram.

– Ah, é o Zeca. Ninguém entende o que o Zeca faz na barbearia. Ele é careca e não tem barba. Mas ele diz que o Sr. Rubens vende o melhor creme de barbear da região, e por isso ele sempre está lá.

– Mas você mesmo disse que ele não tem barba... para que comprar creme de barbear?

Just apenas riu, passou o braço pelos ombros de Palin aproximando-se dele e disse: – Vai entender, né, cunhado?

No momento em que Just pronunciou o nome do careca, Palin entendeu o porquê de Lucas vir à sua lembrança. O nome daquele homem na boca era Zecão.

Ficou preocupado, não queria assustar Just nem se comprometer com o traficante, que ele sabia que jogava pesado; mas deixar aquelas pessoas da barbearia sujeitas àquele homem era arriscado.

– Faz muito tempo que aquele careca frequenta a barbearia, Just?

– Ah, quando eu era criança e meu pai me levou lá pela primeira vez, ele já estava encostado na parede perto da porta, vendo o movimento da calçada, como de costume. É freguês antigo lá. Por quê?

– Por nada...

Ambos seguiram para a casa da avó Filó, mas Palin, preocupado com a nova situação apresentada, não conversou muito. Depois dessa questão, ele passou apenas a responder brevemente o que Just perguntava. Sua feição era de inquietação, aflito, sem saber que postura tomar mediante tal descoberta. Para o momento, achou melhor calar-se e nada comentou com Just.

* * *

Depois de ter abraçado aquela criança e a mãe dela na quermesse, Zeca, com tantas lembranças da infância, foi tocado por algo de fato. Passou a refletir se sua postura estava coerente com seu jeito de ser. Zeca foi um menino de família pobre no quesito dinheiro, mas que não deixava faltar nada para ele. Na medida do possível, Zeca tinha os brinquedos e as vestimentas simples, de bom preço, mas vivia sempre bem alinhado e arrumado com carinho por sua mãe que, infelizmente, tinha um marido violento. Zeca cresceu tendo o carinho de uma mãe afetuosa e a agressividade de um padrasto violento, e sob esse modelo de educação Zeca foi formando seu caráter com uma personalidade bipolar. Havia momentos em que era um doce de ser, e havia outros em que era o traficante Zecão, aquele que explorava as crianças no semáforo e as mães dessas crianças. Ele as seduzia, para que se tornassem dependentes da droga que ele vendia e depois as rechaçava, passando apenas a vender-lhes a droga da qual elas ficavam totalmente dependentes.

Como podia ser assim? Uma pessoa com duas personalidades? Zeca questionava a si mesmo como pôde construir-se dessa forma... Mas não encontrava a resposta desejada. A única coisa que ele percebeu foi que, pela primeira vez na vida, algo o tocou de fato; e foi aquela mãe com aquela criança na quermesse. Resolveu tentar descobrir quem era aquela mulher e ir procurá-la.

Nesse ínterim, o Mineirinho também já havia desconfiado de algo e estava até, nos primeiros dias, evitando aparecer na barbearia. É que ele um dia resolveu inovar e, além dos bairros em que passava, decidiu ir um pouco para o centro da cidade. Foi então que avistou de longe o Zeca entre crianças e mulheres, em meio aos carros do semáforo, e achou bem estranha a situação; resolveu aproximar-se, mas não muito, apenas um tanto que lhe fosse permitido ouvir ou ver algo que lhe desse algum esclarecimento do que ocorria.

E foi nessa situação que ele avistou Zeca recebendo dinheiro de uma mulher e passando-lhe um papelote.

A decepção do Mineirinho foi tão grande naquela tarde que ele voltou imediatamente para casa e não trabalhou mais naquele dia. Escreveu uma carta para o menino Just contando tudo o que tinha visto sobre o Zeca, informando que iria embora para sua cidade e pedindo ajuda. Just, além de ajudar dona Emengarda com o filho, agora poderia protegê-la de alguma forma; então pediu que Just explicasse a situação para todos na barbearia e se possível igualmente avisasse os clientes.

"Mas tome cuidado, menino, mexer com traficante é perigoso, peça ajuda para seu pai, oriente-se com o sr. Orlando e o sr. Rubens. Não vou ficar porque tenho medo."

Despediu-se na carta e foi embora para sua cidade natal. Essa carta foi um mistério, porque Just não a recebeu.

* * *

Mineirinho tinha muita saudade da capital. Sua cidade natal era Guaxupé, no interior de Minas Gerais; mas quando ele voltou da capital, em sua cidade não havia espaço para o comércio ambulante. A cidade era pequena e o centro tinha toda mercadoria necessária para revenda. A opção para Mineirinho seria trazer para o comércio local mercadorias diferenciadas e com um bom preço, tornando-se o fornecedor das lojas de sua cidade; mas para isso ele teria que ir mensalmente para a capital de São Paulo fazer compras na rua Vinte e Cinco de Março e também no Brás, um bairro da capital de São Paulo, com ofertas para atacado. O problema é que ele ficou com medo de que Zeca, ou Zecão, como preferirem, o tivesse visto, então ele não queria ter esse compromisso mensal. Ir ao acaso, algum dia, à capital, até seria possível, mas mensalmente não. Dessa forma uma outra opção foi eleita: passou a residir em Pouso Alegre, que também ficava no interior de Minas, porém era uma cidade com mais amplitude para o comércio e as habilidades de Mineirinho. Lá em Pouso Alegre ele logo fez sua clientela, pois tinha muita simpatia e honestidade, além de ser contemplado com um carisma inigualável.

Estava feliz na nova cidade em que residia há anos, mas tinha saudades de São Paulo e de seus queridos clientes, em especial de todos da barbearia do Sr. Rubens.

Que vida essa nossa... Quem diria que no meio de tanta gente boa haveria um com personalidade do mal. Será que um dia poderei ter notícias deles? Penso neles e me preocupo com todos até hoje. Como será que está o nosso respeitado Sr. Orlando? Anos se passaram, pode até não estar mais vivo e eu nem fiquei sabendo. Oh, que triste isso... E o sr. Rubens? Será que ainda tem a barbearia? Certamente tem, ele não deixaria aquela turma à míngua. Sr. Stanley e seu filho, o menino Just, como será que estão? Meu Deus..."

Assim seguia envolto em seus pensamentos o Mineirinho, na cidade de Pouso Alegre, com seu bate-bate nos bairros mais distantes do centro, para não prejudicar os lojistas.

* * *

Seus olhos mal podiam se abrir. A respiração ofegante e o sangue que escorria pelo asfalto faziam dele um ser qualquer. As sirenes da polícia tocavam, mas ele mal podia ouvi-las.

Pessoas curiosas passavam e olhavam, mas ninguém o ajudava. Desesperado ele se sentia, mas não conseguia nem ao menos pedir socorro. Seu corpo estava ali, estendido no chão. Em segundos, após um tiro pelas costas, Zecão deixou este mundo. Foi em meio à operação "Fim de tráfico", que se instalou na cidade em busca de exterminar com os traficantes. Ele, na verdade, nem era o verdadeiro traficante, apenas auxiliava, mas ser o traficante principal ou auxiliar não diferencia a pena. Caso tivesse saído dessa operação com vida, dificilmente escaparia da prisão de segurança máxima. O fato é que Zeca tinha duas personalidades, agia como se fossem duas pessoas, a boa e a má; mas na hora de pagar por seus erros, não teve como separá-las. Independente do que o lado bom fez, ele pagou pelas atitudes exercidas pelo lado mau. Quando o assunto é tráfico, não há conversa nem mesmo advogado que consiga mudar isso. Uma vez, o próprio Zeca comentou na barbearia, quando por acaso surgiu o assunto de drogas e traficantes:

– Querem acabar com os traficantes? Legalizem as drogas.

Muitos ali discordaram do que Zeca disse, mas para esse quesito é necessária muita análise para se emitir uma opinião. O sr. Orlando, por exemplo, após ponderar, disse:

– Verdade. Tudo o que é proibido é mais atrativo. Legalizando as drogas, o traficante fará repasses do produto para quem, se será possível até plantar no quintal? A moçada gosta do proibido, é capaz até de perderem totalmente o interesse pelas drogas e os traficantes não terão mais essa fonte de renda maligna que prejudica tanto as pessoas.

O fato é que Zeca frequentava a barbearia por um creme que não era de barbear: era uma droga espanhola que vinha em potes de creme uma vez por mês e era entregue na barbearia para o Zeca. Ele ficava na porta, disfarçando; e até se oferecia para buscar água para o Mineirinho, quando o ambulante chegava. Mas, na verdade, era a caixa do creme que o interessava; comprava o pacote fechado, a caixa toda, e o sr. Rubens, sem nada saber, até tentava obter um creme daquele, sem entender muito bem o que se passava:

– Zeca, você vem, o fornecedor acaba vendendo todo o creme para você e eu mesmo, o dono da barbearia, fico sem nenhum pote. Por que não deixa um pouco comigo? Você nem tem barba. Desconfio que esteja fazendo concorrência com o Mineirinho, vendendo a mercadoria também, só pode ser.

– Não é isso. sr. Rubens, minha família é grande e todos gostam desse creme. É que a caixa vem fechada, mas os potes são pequenos, acabam logo, por isso todo mês venho buscar um novo malote.

O Sr. Rubens e todos os clientes nunca souberam o que de fato havia naquelas caixas que Zeca levava consigo. Souberam da morte e da vida destinada ao tráfico de Zeca, codinome Zecão, através do noticiário da TV. Ficaram indignados, e alguns até acharam que os policiais se confundiram e que Zeca tinha sido, na verdade, morto por uma bala perdida. Era difícil aceitar que Zeca fosse o Zecão.

Um dia inesquecível!

Toparam-se bruscamente no Santana Parque Shopping, e dali em diante não se separaram mais. Foi assim que Pedro e Mônica se conheceram. Ambos detestavam shoppings, mas foi graças a um shopping que cada um conheceu seu cônjuge.

Naquele dia, Pedro passou por lá para ir buscar sua mãe, que tinha ido com dona Judith contemplar uma rotina. Ambas, dona Judith e dona Garda, acostumaram-se a ir duas vezes por semana ao SESC para fazer hidroginástica e, depois da aula, seguiam para o shopping que deu origem à amizade delas. Mas naquele dia o carro de dona Judith estava na revisão, então Pedro foi buscá-las. Mônica, por sua vez, estava lá para encontrar-se com uma colega do colégio que iria explicar-lhe um pouco sobre as aulas de geografia. Geografia, para Mônica, que desde a sua chegada da cidade de Lagarto, pequena ainda, nunca havia saído das imediações do bairro da avó, era uma matéria muito abstrata; e por isso pediu explicações para uma colega de classe que marcou o encontro nesse shopping. Um aflito para encontrar a mãe e a outra aflita para encontrar a colega, toparam-se. Com o tempo, o namoro fluiu, a paixão se intensificou. Dona Garda gostou da moça, embora tenha sentido um pouco de ciúme materno, mas Mônica conseguiu conduzir a situação e dividir em partes iguais seu amado esposo com a sogra.

Tudo na casa de dona Filó estava limpíssimo e impecável para que o namorado de Mônica fosse apresentado à família. Foi marcado um almoço em um belo domingo de sol. Dona Filó, a avó de Mônica, junto com os filhos e netos, preparou todo o ambiente com muito zelo, pois sabiam que Mônica estava apaixonada pelo rapaz e queria, desta forma, contribuir com o carinho que sentiam por ela, para que esse momento fosse agradável para todos. Meire convidou Just para participar do almoço, afinal, Just e Meire, a essa altura, já estavam noivos. Foi um noivado sem festa e sem muito alarde, pois Just não era adepto a cumprimentos. O noivado dos dois se deu apenas em um simples lanche para as duas famílias. Meire a princípio não gostou da ideia, ela queria convidar as pessoas para o seu noivado, mas acatou a posição do noivo, Just. E ele prometeu que no casamento dos dois ele aceitaria uma festa.

Com Mônica foi diferente: Pedro e Mônica não tinham problemas com cumprimentos, ao contrário, até gostavam. E foi no vislumbre da paixão que o almoço aconteceu. Não é preciso nem comentar o constrangimento de Pedro ao ser apresentado a Meire, a irmã de sua namorada, e o constrangimento não parou por aí, ficou ainda maior ao ser apresentado para o noivo de Meire, Just.

Just nunca havia feito a ligação de que a Meire pela qual Pedro um dia fora apaixonado era a mesma Meire que ele amava. Assim, Just puxou o amigo para um abraço, ficando contente com a feliz coincidência de seu amigo ser namorado da irmã de sua noiva.

– Agora sim, Pedro! Nós seremos parentes! Imagine as nossas mães quando souberem disso, a alegria que terão.

Meire não gostava de Pedro devido às investidas do passado, mas Just contou para Meire sobre a mudança de comportamento, de hábitos e até de caráter que Pedro teve na vida e, sendo assim, Meire aceitou o pretendente a cunhado de braços abertos.

Quanto a Pedro... nada mais sentia por Meire. Mônica surgiu em sua vida e ele foi atraído de pronto pelo olhar doce daquela moça; e ela, Mônica, ficou atraída pelo sorriso encabulado que ele lhe ofereceu no mesmo instante.

Um dia inesquecível. Assim se faz, dos dias, um dia especial...

* * *

De volta para casa, Just lembrou-se que não apenas pegou nas mãos de Pedro, mas o puxou e o abraçou; e naquele instante Pedro trajou-se de ouro. Just pensava que Pedro já estava imune aos seus cumprimentos, visto que no passado ambos já haviam se cumprimentado. Quando Just no shopping o cumprimentou pela primeira vez, a princípio não conseguiu visualizar muito bem, mas foi de espinhos que Pedro trajou-se. Isso Just com o tempo percebeu, pelas ações que Pedro passou a realizar. *Então, antes espinhos e agora ouro... Como explicar? Quer dizer que não é apenas na primeira vez que toco na pessoa que o traje é coberto de ouro ou espinhos? Além da pessoa não ficar imune após meus cumprimentos, na próxima vez que eu a cumprimento ainda há a incógnita se ela será trajada de ouro ou espinhos. Nem sempre os trajes se repetem...*

Ao cumprimentar alguém, independente do que ele, Just A Touch, pensava, a pessoa já saía vestida de ouro ou espinhos.

A cada dez pessoas que saíam cobertas de ouro, uma pessoa, em algum lugar do planeta, perdia a vida.

A cada vinte pessoas que saíam cobertas de espinhos, um ser, em fase terminal de vida, em algum lugar do planeta, recuperava toda a sua existência, ganhando mais um longo tempo de história nessa vida.

Just ficava cada vez mais intrigado, assustado e até amedrontado por não entender o que deveria fazer para desvendar a causa da situação, e encontrar uma solução. Ele não queria que ninguém morresse...

Porém, agora Just já havia aprimorado suas análises quanto a isso. Percebeu que vestir-se de espinhos não necessariamente era um mau sinal. Ao contrário, vestir-se de espinhos salvava a vida de alguém em algum lugar e, além disso, esses espinhos traziam em si um pó, uma espécie de pólen que germinava através das ações das pessoas. Em sua maioria, eram polens de ações do bem e voltadas para o bem.

Assim como o pólen na natureza é espalhado para reproduzir flores e frutos, o "pólen" produzido nos espinhos se espalhava através do toque entre os seres vivos, com o objetivo de auxiliar na reprodução de um novo comportamento.

* * *

Conferência era o nome que Roberto gostava de atribuir a uma reportagem, quando era chamado; mas essa, em especial, era mesmo um debate. A rede de notícias CNN, um canal de televisão por assinaturas, convidou Roberto para um debate com outro prefeito; um prefeito que, ao contrário de Roberto, superfaturava todas as compras de insumos hospitalares, obras educacionais e também de reparos na cidade como um todo. A intenção da reportagem, ao ir para o ar, além de tornar-se líder de audiência diante do tema apresentado, era entender como um prefeito conseguia manter a cidade em ordem com todos os requisitos básicos distribuídos igualmente pela população, sem índice de desemprego e sem moradores de rua dormindo ao relento, enquanto um outro prefeito, com o mesmo repasse fornecido pela instituição federal, não conseguia abastecer nem dez por cento das necessidades da sua cidade, levando-se em consideração que ambas as cidades eram do interior de um mesmo estado e a área de ocupação era equivalente.

Roberto aceitou o convite. Para ele não era difícil falar sobre o que fazia, mesmo porque fazia naturalmente e com o coração, por isso em sua cidade tudo corria bem, e principalmente agora, pois a Santa Casa de lá era um exemplo para todas as outras cidades ao redor e até capitais. Além de tudo isso, ele tinha desenvoltura para a oratória, visto que sua formação de jornalista lhe forneceu bases sólidas para esse desempenho. Entretanto, Roberto voltou para sua cidade com o humor abaladíssimo devido à situação que aconteceu não somente nos bastidores, mas que foi apresentada e levada ao ar.

– Lucas, meu caro assessor, a vontade que dá é acusá-los de *manterrupting*. Se eu fosse mulher, com certeza faria isso. Aquele prefeito me interrompia várias vezes provocando uma ruptura de pensamentos lógicos, de forma a fazer de minha fala uma utopia, quando sabemos que não é a realidade. Minha fala procurava estampar a mais pura verdade em que vivemos nessa cidade. Não sei por que existem pessoas assim... Deveria me questionar para procurar solucionar os problemas da cidade dele, mas não. Ele agia como se lá não houvesse problemas e que aqui sim, aqui vivemos em um sonho irreal. Acredita? E olhe que tenho tarimba como jornalista! Tenho dó de políticos honestos em um momento de entrevistas como essa de hoje.

– Calma, chefe, a população não é idiota. Eles sabem muito bem quem está falando a verdade. A propósito, o que é *manterrupting*?

– É uma palavra em inglês, junção de "man" (homem) e "interrupting" (interrupção) que numa tradução livre seria "homens que interrompem". Essa palavra tem significado universal, é a prática de um homem interromper várias vezes uma mulher desnecessariamente, não permitindo que ela conclua uma frase.

– Ah, tá, mas aposto que o senhor se saiu bem, não precisa se preocupar. Mudando de assunto, hoje chegou um convite legal! Estão convidando o senhor para um seminário promovido pela secretaria de educação de Pouso Alegre. O convite é para falar à vontade por trinta minutos, e o tema é "Educação escolar e seus desdobramentos para a vida". Não é legal?

– Aí sim. Agora gostei. Além do tema, a cidade me encanta. Sou mineiro, lembra? Vamos começar a preparar o material para esse seminário, porque agora me animei, estou com a corda toda.

– Assim que gosto de vê-lo. Muitas vezes eu também estive nervoso e foi o senhor quem me estimulou, agora é minha vez de estimulá-lo. "Mãos à obra", ou melhor, "Mentes ao tema".

Lucas e Roberto falavam animados, colocavam as ideias no papel e em vídeo para o uso do projetor ou *data show*, como é mais conhecido esse aparelho usado em conferências, aulas e seminários. Montaram todo o material juntos para que a pauta apresentada fosse uma linear para eles e para quem os ouvisse no seminário. Sim, porque Roberto pediu que Lucas dessa vez também falasse um pouco de sua experiência nas ruas de São Paulo e da evolução que teve com a influência de seus estudos, inclusive quando esteve no supletivo, levando esse conhecimento adquirido para sua vida.

Com tudo pronto, partiram animados rumo a Pouso Alegre.

* * *

Mineirinho estava feliz, em um contentamento que não tinha tamanho. Andava de um lado para o outro em uma agitação de alegria que transbordava e era transmitida para todos à sua volta. Era muito gostoso de ver e até de sentir. Sim, quem se aproximasse dele conseguia sentir a alegria que ele sentia, porque iria para São Paulo rever os amigos e ex-clientes mais queridos. O fato é que o falecimento de Zeca, ou Zecão, como na boca era conhecido, assim como o extermínio de sua quadrilha graças à operação "Fim de Tráfico", tomaram uma proporção de mídia muito grande, e a matéria da reportagem se estendeu para outros estados e capitais além de São Paulo. Com isso, o Mineirinho viu na televisão a reportagem que informava sobre a morte de Zeca. No primeiro momento, foi um misto de sensações que Mineirinho absorveu. Sentiu a perda de alguém conhecido, do Zeca que sempre lhe fornecia de bom grado um copo de água na porta da barbearia e, no mesmo instante, sentiu-se aliviado porque Zecão, o traficante, não poderia mais lhe causar mal algum. Não tardou e Mineirinho logo quis uma aproximação mais concreta para saber como estavam aquelas pessoas, que faziam parte de seu coração. Número de telefone, ele não tinha de ninguém, mas sabia de cor o endereço da barbearia.

Sim, pode ser que a barbearia tenha fechado, o que considero difícil, pois o sr. Rubens não deixaria de trabalhar na barbearia nem após sua aposentadoria. Ele gostava muito do que fazia e das pessoas que o visitavam, mas mesmo que tenha fechado, é a única forma que eu tenho para obter alguma informação deles. Enviarei uma carta ao sr. Rubens. Assim pensou e fez o Mineirinho.

Quando recebeu a resposta da carta, vinda com o remetente indicando ser o próprio Sr. Rubens, mesmo antes de abrir o envelope já se sentiu feliz. Correu até a cozinha para ler em voz alta para sua esposa. Agora Mineirinho era um senhor casado. Conheceu Maria em Pouso Alegre, apaixonou-se e disse a ela:

– Preciso me estabelecer emocionalmente também, mulher. Maria, eu... Vamos casar?

Maria já estava apaixonada pelo jeito doce, solícito e carinhoso que Mineirinho tinha como peculiaridade para com todos. Apesar de que essa sua característica de "carinhoso com todos" após o casamento tivesse rendido algumas discussões. Maria era ciumenta, mas Mineirinho conseguia contornar a ciumeira com jeitinho.

Na carta, o Sr. Rubens conseguiu com palavras demonstrar que a recíproca da saudade era verdadeira, e o convidou para o casamento de Just.

– Óiprocevê quelucura! Maria, o minino Just vai casá!

Assim Mineirinho contou a Maria como conheceu esse menino pequeno ainda. E que ambos poderiam ir ao casamento tranquilamente, porque o Sr. Rubens havia dito que o Sr. Stanley, o pai do garoto, queria fazer uma surpresa para o menino e não iria contar que ele estaria presente na celebração.

E, na empolgação, deixou o dialeto mineiro e disse:

– Já pensou, Maria? O Sr. Stanley até reservou um quarto de hotel para nós dois na capital. O Sr. Rubens contou que estou casado agora e você foi convidada também.

Maria até se assustou, gostava mesmo era do sotaque de seu marido. Olhou bem séria e disse:

– Assim não vou! Fale normal que aí eu acompanharei você com certeza. Seu sotaque é lindo, chega perto do coração das pessoas, não mude isso meu querido, jamais!

Ambos sorriram e se abraçaram em um momento de amor.

* * *

– Ô cafezin bão, sô!

Mineirinho esperava na recepção da Secretaria de Educação de Pouso Alegre, lugar que mensalmente visitava e onde era muito bem recebido. Ele conseguiu um fornecedor de papel sulfite que lhe dava a oportunidade de fazer parte da licitação quando se fazia necessária a aquisição de resmas de papel sulfite pela secretaria. A licitação era feita por lei, mas o preço do mineirinho era inquestionável e ele sempre ganhava da concorrência. Enquanto esperava, entre um gole de café e outro, na mesma recepção veio o aviso para a recepcionista de que os palestrantes vindos do interior de São Paulo haviam chegado.

– Por favor, diga que entrem e logo irei atendê-los. Ah, pergunte ao Mineirinho se ele pode voltar amanhã; hoje isso aqui, devido à palestra, está uma loucura. – Esse foi o som vindo do interfone na mesa da recepcionista que assim que concluiu a escuta, acionou a porta para a entrada dos palestrantes.

Mineirinho ouviu, e mesmo antes que a recepcionista lhe dirigisse a palavra, ele se levantou e disse que para ele não haveria problema nenhum em voltar no dia seguinte. Virou-se em direção à porta, quando então Mineirinho e Roberto chocaram-se e se abraçaram, felizes, no mesmo instante.

– Primo, que alegria essa agora, depois de tantos anos nós nos revermos! E reconhecê-lo aqui é algo muito gratificante! Que saudade, primo!

– Mai num é que é o primu memo, sô! Ô trem bão!

Assim os primos, nascidos em Guaxupé, se reencontraram depois de tantos anos. Roberto havia saído de Guaxupé quando jovem, bem jovem ainda. Foi fazer faculdade na capital de São Paulo, lá conheceu sua esposa amada, que era de uma cidade do interior, no Vale do Paraíba, e acabou fazendo sua vida por lá mesmo. Adaptou-se tanto na cidade de sua amada esposa que, mesmo após ela ter falecido, ele em hipótese alguma pensou em mudar-se de lá; pelo contrário, tornou-se o prefeito. Enquanto isso, o Mineirinho, que também saiu de Guaxupé jovem para servir o exército na capital de São Paulo, como sempre foi muito esperto, logo encontrou as possibilidades de se manter na capital mesmo após concluir o exército, e seguiu sua carreira de vendedor desde então. Agora, cerca de vinte ou trinta anos após ambos terem se afastado e se aventurado em vidas tão distintas, reencontraram-se na recepção do gabinete da Secretaria de Educação de uma cidade mineira que não era a cidade natal de ambos, mas que os aproximou de forma tão peculiar.

Roberto convidou Mineirinho para assistir sua palestra, e depois os três poderiam tomar um chopinho e colocar a conversa em dia. Assim foi feito: palestra, chopes, conversas, risadas e no final da tarde o convite surgiu por parte de Mineirinho para que seu primo e Lucas fossem almoçar no próximo domingo na casa dele, e assim eles conheceriam sua Maria.

Durante o almoço do domingo, muita risada, muita conversa... Maria, simpática e ótima anfitriã, entrou logo no clima agradável de um almoço bem familiar e que brindava o reencontro de primos que se gostavam, mas que estiveram muito distantes pelos percursos da vida...

Entre uma prosa e outra, Mineirinho contou que iria passear com Maria em São Paulo, para comparecer ao casamento de um jovem e rever os amigos que lá ele fez. Roberto, pensativo e saudoso, lembrou-se de quando esteve por lá para entrevistar um rapaz e acabou indo embora sem fazer aquela matéria. Lembrou-se até do hotel em que se hospedara e comentou:

– É uma cidade muito peculiar. Lá tem de tudo e não tem nada. O que tem de excesso para alguns, falta em demasia para outros. É bem complicada aquela gigantesca obra de arte humana que não consegue acolher devidamente todos os seus. Se não houvesse violência na cidade, talvez conseguissem até a perfeição. Condições para isso aquele centro de arranha-céus tem, não é mesmo? O Lucas também viveu por lá. Ele nasceu lá, primo.

– Que tal irem para São Paulo e hospedarem-se no mesmo hotel que nós? Tenho certeza de que será muito bom! Talvez possam até participar da cerimônia – perguntou Mineirinho.

– Bem! Eles não conhecem os noivos, para ir ao casamento precisariam ter sido convidados – interveio Maria.

– Nada disso. Eu conheço o noivo e sei que não se importará se vocês forem conosco.

– Primo, eu sei que tem bom coração e a intenção é ótima, mas ao casamento não podemos ir. Maria tem toda razão. Porém, irmos a São Paulo e nos hospedarmos no mesmo hotel que vocês... Por que não?

Mal sabia Maria que Roberto e Lucas conheciam o noivo sim!

Roberto, naquele momento, nem imaginava que o noivo era Just, o rapaz que ele tanto almejou entrevistar anos atrás.

Lucas não sabia, mas além de conhecer o noivo, – que era Just, o menino que lhe ofertou um abraço no armazém do Sr. Daniel no momento em que ele, ainda garoto, lhe sacava o relógio –, ele conhecia e tinha uma gratidão enorme pelo irmão da noiva, Palin. Seu grande mentor na infância...

Noticiário

— Meu Deus, o que é isso, mãe? Você viu o noticiário? Não poderemos mais nos tocar por um bom tempo.

— Just, não é para sairmos de casa, e é para mantermos a casa bem arejada. Quero ver convencer seu pai a ficar em casa. Stanley não tem parada. Se ele tem que comprar três produtos no mercado, ele vai três vezes ao mesmo mercado. Ele gosta é de sair e fazer as caminhadas dele, eu não sei como vou segurá-lo aqui.

— Calma mãe, isso tudo são falas e comportamentos hiperbólicos. Esse vírus não chegou ao nosso país ainda, e talvez nem chegue. Eita pessoal exagerado!

* * *

— Minha Nossa Senhora da Piedade de Lagarto! Vó, espia isso! A Mônica mandou aqui no Whatsapp a foto lá do Santana Parque Shopping. Está praticamente vazio.

— Ué, o que a Mônica está fazendo lá?

— Ela foi com o Pedro buscar a mãe dele e a Dona Judith. O carro da Dona Judith ainda não está pronto. Ela está dizendo que a mãe do Pedro e a minha futura sogra não tiveram aula hoje, e que suspenderam as aulas de hidroginástica por tempo indeterminado.

— Que estranho... Por que será?

Casamento

O casamento de Hélio e de tia Bel parecia uma noite de núpcias eterna. Ambos pareciam de fato ter sido feitos um para o outro. Mas pensam que não havia discussões? Erraram. Havia sim. Pensam que nenhum dos dois se magoava um com o outro? Magoavam-se sim. Mas os acontecimentos que geravam discórdias e sentimentos ruins eram rapidamente colocados à mesa, trocados, informados, discutidos com calma e sem raiva, compondo assim sentimentos de compreensão de um para com o outro, e no respeito mútuo ambos se deleitavam, e viviam uma vida que era bem parecida com a dos contos de fadas, mas era real.

Até aqui tudo parecia normal; no entanto, um vírus assolou o planeta e o conto de fadas quase se transformou em ruínas.

– Estou avisando a Dona Hilda que não poderemos ir almoçar com ela nesse domingo, meu bem. É para o próprio bem dela.

– Bel, pare com isso! Não deixarei de ver minha mãe, ainda mais em um momento como esse.

Por mais cuidados que a Bel tentasse ter consigo e com sua família, seus cuidados e precauções eram diferentes dos cuidados que Hélio achava pertinentes, e ficava difícil ambos entrarem em um acordo.

***

A avó Adélia e a avó Mariquita eram viúvas, e diante de uma pandemia dessas, para facilitar tudo, resolveram morar na mesma casa. Tia Gumercinda não havia se casado e ainda morava com a mãe. Sendo assim, as três, residindo na mesma casa, uma casa relativamente confortável, passaram a viver e se comportar de acordo com as normas que a pandemia exigia. O sr. Stanley passava por lá a cada quinze dias para levar as compras do supermercado e, fora isso, os encontros familiares eram sempre na plataforma Zoom, onde a família toda podia se encontrar e dar boas risadas.

Nesses encontros, Just e o professor Hélio se relacionavam e davam muitas risadas do tempo em que Just não o suportava, mas achava o filho de dona Hilda um gênio. Agora ambos eram da mesma família e se davam muito bem, sem contar que Just supriu suas dificuldades em matemática e passou a encarar essa disciplina com muita naturalidade e presteza no raciocínio.

***

Tia Candoca e seu marido eram pacatos, quase não saíam de casa, e a pandemia não mudou muito a vida deles nesse sentido. Ele passou a prestar seus serviços de contabilidade em *home office*, o que a princípio deixou tia Candoca feliz, porque teria seu marido o dia todo sob sua guarda; mas, com o tempo, o homem dentro de casa começou a incomodar.

Da sala ele perguntava para ela, que estava na cozinha:
— Que barulho é esse? Dá para não fazer barulho?

Ela prontamente respondia:

– Esse barulho é o som de mulher trabalhando na cozinha, meu querido. Não quer ouvir o barulho, então saia e me deixe trabalhar. – Ela dizia isso, mas ai dele se resolvesse sair. Tinha que passar toda a ficha: "Vai onde? Fazer o quê? Por que não deixa para outro dia? Ao voltar terá que tirar a roupa e depois serão mais roupas para eu lavar..."

* * *

Tia Constância também ficou viúva, mas não quis ir morar com as avós Adélia e Mariquita e com a tia Gumercinda. Ela já estava acostumada a viver sozinha, e tinha suas manias que preferia curtir em sua modesta casinha onde se sentia plena e feliz. E não seria uma pandemia que iria mudar o seu ritmo de vida. A pandemia que se moldasse a ela, porque ela iria tomar as precauções necessárias, mas não deixaria de fazer tudo o que sempre gostou de fazer, de jeito nenhum.

* * *

Roberto e Lucas, ao chegarem à rodoviária de Pouso Alegre para irem embora para sua cidade, no Vale do Paraíba, em São Paulo, descobriram que teriam que ficar na cidade por um tempo, visto que a rodoviária só tinha viagens de urgência para fazer, as demais haviam sido todas canceladas. O Mineirinho a princípio gostou, porque estava muito feliz por sentir por perto alguém de sua família, de seu sangue. Ter seu primo Roberto ali, próximo dele, era como voltar no tempo e reviver a alegria da juventude em família. Com o tempo, percebeu que estavam conexos, porém distantes, não podiam se visitar, não podiam se abraçar nem ao menos se tocar... *Tantos anos sem nos ver e justo agora que nos reencontramos...*

É bem verdade que Mineirinho convidou o primo Roberto e seu assessor Lucas para ficarem em sua casa com Maria, mas Roberto disse que estava bem instalado no Class Hotel, como de fato estava, e não quis incomodar o primo nem a esposa dele.

* * *

Era difícil acreditar que essa geração não estava preparada para esse tipo de coisa, mas um vírus considerado mortal assolou vários países, levando à decretação oficial de que estava instalada a pandemia.

Como assim?

Era o que muitos se questionavam. Só haviam ouvido falar de doenças que causam mortes em massa nos livros, nas aulas de história ou em filmes baseados em fatos reais ou mesmo ficções. Tudo coisa que fez parte do século passado, uma época em que a medicina ainda engatinhava. Uma época em que recursos e conhecimento eram escassos. Mas agora? Agora todos batiam no peito dizendo-se profundos conhecedores de tudo. Leigos ensinando ciências e curiosos receitando remédios. Todos se dizendo cultos.

Contrariando o desejo de Bel, Hélio foi almoçar com dona Hilda, que compreendeu perfeitamente o comportamento da nora. Bel conversou com ela e explicou tudo pela câmera do Whatsapp.

Na varanda, após o almoço, mãe e filho dialogavam tranquilos refletindo a situação:

– Mãe, hoje em dia, se nós formos levar em consideração o grau de escolaridade dos profissionais, realmente é inadmissível que haja problemas no mundo. Atualmente grande parte da população fez ou faz pós-graduação e até mestrado. São doutores do saber. Então como explicar essa demora em resolver um problema na saúde?

– Difícil é responder perguntas importantes como essa, mas sem muita lógica, meu filho. Contudo podemos pensar juntos...

* * *

De tia Gumercinda nós pouco falamos, não é mesmo? Trata-se de uma senhora reservada. Eu digo senhora porque já passa dos 80 anos, cronologicamente falando; só por isso, porque se for pela alma, eu deveria dizer senhorita. Tem alma de moça. Ela consegue compor a juventude e a vivência em um único ser mesclando a experiência de vida com os sonhos da juventude, que de forma mais reciclada ainda estão vivos e bem vivos, guardadinhos em seu coração de menina. É romântica e radical em decisões certeiras. Dedicou-se e muito ao seu trabalho. Quando menina, estudou em demasia, pois queria se estabelecer financeiramente sem depender de ninguém no futuro, esse era um de seus vários sonhos e metas de vida. Foi o primeiro sonho idealizado que ela conseguiu realizar.

Formou-se em letras, ministrava aulas de literatura, e foi com a literatura que conseguiu conquistar sua independência financeira, lógico que com sacrifício e muito trabalho, juntando centavo por centavo, até comprar sua modesta casinha. Ela pôde também viver seus sonhos encantados através das leituras e das histórias que vivenciava, ministrando as aulas e compartilhando emoções com seus alunos. Era reservada na família, mas com seus educandos conseguia viajar nos encantos que cada página de um bom livro lhe proporcionava. Vivia sempre um sonho de realidade.

A cada dia sentia-se mais jovem e jamais perdia as esperanças de ir a cada etapa de vida contemplando um sonho ou ideal que lhe viesse à mente ou ao coração. Outro desejo dela era casar-se. Um companheiro como nos contos de fadas seria o ideal... Seu noivo não poderia ser qualquer um. Tinha que ser como um príncipe. Sim, a irmã dela, Judith, mãe de Just, era a princesa do cunhado Stanley, e ela seria a princesa de um príncipe que ela ainda haveria de conhecer, se é que já não o conhecia e ainda não havia se dado conta dessa feita. Com certeza o seu príncipe respirava em algum lugar desse planeta, e um dia ambos certamente se encontrariam, disso ela não tinha dúvida.

Tia Gumercinda foi muito namoradeira, sim, porque ela sempre disse que o príncipe não vem com uma plaquinha avisando que é príncipe; então ela precisava namorar para saber se era o seu príncipe ou não. Muitas vezes ela achava que era, mas o rapaz não a queria para algo sério e o relacionamento não dava certo. Em outras vezes, o rapaz que a desejava para um relacionamento duradouro não era correspondido:

– Gu, eu quero estar ao seu lado quando nossos cabelos começarem a ficar branquinhos. O que acha?

– Sinto muito, mas não estou apaixonada por você e não me vejo com você no futuro, ao menos agora não estou vendo essa possibilidade. Posso não saber o que quero, mas sei muito bem o que não quero, e não quero um futuro com você. Desculpe.

É... Tia Gumercinda pegava pesado no quesito sinceridade. O rapaz chegou a chorar pela forma como ela terminou o namoro, mas se ela tinha certeza de algo, era que só se uniria a alguém um dia quando sentisse que havia amor de ambas as partes. Apenas de um lado o amor existir? Ela desconsiderava a opção. Com esse raciocínio ela sofreu muito em vários relacionamentos, mas foi a opção dela, e nem por isso tia Gumercinda deixou de sonhar e acreditar que um dia ainda haveria de encontrar essa troca de amor verdadeiro, esse príncipe que respirava em algum lugar do mundo...

Sua mãe morava com ela, e durante a pandemia ela recebeu também a sogra de sua irmã Judith, a mãe de Stanley, para viverem as três no mesmo lar – facilitando assim a vida dos pais de Just, que eram sempre solícitos em ajudá-las. As três, nesse momento, vivendo no mesmo endereço, ajudava e muito a amenizar as preocupações.

A casa tinha apenas dois quartos, mas com jeito, boa vontade e amor, as três conseguiram ficar muito bem instaladas e conviviam felizes, cada uma com seus afazeres e distrações.

Às dezesseis horas, as três sentavam-se na cozinha para o lanche da tarde, e ali conversavam por horas e chegavam até a contar piadas.

Tia Gumercinda não se apertava com a tecnologia não, era uma pessoa bem "antenada", como dizem quando a pessoa é atualizada e sempre está por dentro de todos os acontecimentos da vida. Estava sempre à frente na atualidade. Todos os dias ela reservava uma horinha para a internet e lá navegava em sites oficiais, o que lhe oferecia um leque de assuntos, mesmo em meio a uma pandemia.

Um dia ela fez um comentário no site da prefeitura de uma cidadezinha do Vale do Paraíba. Elogiou os serviços da cidade e a presteza com que tudo era resolvido por lá, a ponto de, mesmo sem conhecer a cidade, ficar sabendo de tudo o que ocorria no lugar, que mais lhe parecia a cidade do paraíso.

O prefeito de lá sempre lia tudo o que era postado. Era um senhor que beirava os oitenta anos, mas parecia até mais jovem. Ela não chegou a ver como ele era, só leu a respeito, porque apesar de ser um excelente prefeito, ele não gostava que postassem fotos dele nem gostava de publicidade pessoal. Sequer tinha Faceboock ou Instagram. Ele gostava mesmo era do contato olho no olho. Achava que a internet era mais um meio de publicidade e fazia apenas a publicidade necessária para o bem do povo da cidade, mas não de sua vida pessoal. Essa ele se reservava o direito de não publicar.

Tia Gumercinda o admirava por isso, mas passaram a conversar pelo site oficial mesmo, já que ele respondia a todos os comentários e o dela em especial lhe soou como um afago no coração. O nome desse prefeito era Roberto, um jornalista aposentado.

Fico aqui pensando o que acontecerá se, no casamento de Just, Roberto aparecer por lá. A tia Gumercinda e o Roberto se conhecerão pessoalmente. Será que ele é o príncipe tão aguardado?

* * *

Just, a princípio, respirou sentindo o alívio vindo dos céus. Não precisaria mais ter na consciência o peso da influência na vida de outro ser vivo. Não poderia mais tocar em ninguém devido à pandemia que se instalava no mundo, e as pessoas não o achariam esnobe jamais.

Sei que algumas pessoas me acham esnobe por eu evitar cumprimentá-las estendendo a mão a elas, mas mal sabem elas que o constrangimento gerado é para evitar problemas futuros para elas mesmas. Assim seguia Just em seus pensamentos.

Ao cumprimentar alguém, independente do que ele, Just A Touch, pensava, a pessoa já saía vestida de ouro ou espinhos.

A cada dez pessoas que saíam dali cobertas de ouro, uma pessoa, em algum lugar do planeta, perdia a vida. Então a sensação prazerosa e talvez momentânea para os que eram revestidos de ouro, acabava tendo um resultado fatal para alguém tempos depois.

A cada vinte pessoas que saiam dali cobertas de espinhos, um ser, em fase terminal de vida, em algum lugar do planeta, recuperava toda a sua existência, ganhando mais um longo tempo de história nessa vida. O que nos leva à conclusão que a sensação de dor do ser que foi espetado pelo espinho não seja tão desagradável, visto que ao culminar em vinte pessoas espetadas uma vida será salva.

Just ficava cada vez mais intrigado, assustado e até amedrontado por não entender o que deveria fazer para desvendar a causa da situação, e encontrar uma solução. Ele não queria que ninguém morresse... Evitava cumprimentar as pessoas. Muitos até o achavam esnobe por isso.

Temos que lembrar também que, com o passar do tempo, Just percebeu que nem sempre os espinhos eram ruins para aqueles que eram espetados; eles causavam a dorzinha da picada do espinho, mas na maioria das vezes esses espinhos continham um pólen diferenciado que era do bem. Era como sentir a picada de uma agulha que dói, mas traz o remédio contido na injeção. Cada espinho continha polens distintos. Uns eram como se fossem azuizinhos, da cor do mar, e ele sabia que ali havia tranquilidade, serenidade e harmonia. Quando do espinho saíam polens verdes, Just ficava muito feliz porque sabia que a pessoa estava se contaminando com uma dosagem de esperança, liberdade, saúde e vitalidade. E quando o pólen era com o calor amarelado e distribuído aleatoriamente pelo corpo ou redondezas, nesse caso, a pessoa saía dali cheia de otimismo, alegre e descontraída. Para cada pólen que saía de um espinho, uma cor lhe vinha à mente e a sensação era remetida às percepções favoráveis, dependendo da forma como era absorvida e refletida a cor naquele que recebera o espinho. Quando o pólen remetia à cor marrom, por exemplo, era certo que haveria muita seriedade e integridade nas ações daquele ser. Just chegou a lembrar-se de tia Gumercinda e pensar:

Acho que tia Gumercinda recebeu todos os polens vermelhos do planeta. Como ela é apaixonada e cheia de energia! Ela ainda não encontrou o príncipe que tanto almeja, mas é apaixonada por ele. Vai entender...

* * *

– Como assim, Maria? Não terá casamento?
– Assim não! Fale normal. Seu sotaque é lindo, chega perto do coração das pessoas, já te pedi, não mude isso meu querido, jamais!
– Óia só!
– Não fique com essa cara de espanto meu querido, meu mineirinho amado, estou dizendo que o Sr. Rubens telefonou, lembra que colocamos nosso telefone na carta?
– Ê, lasquera.
– Então, ele disse que por conta da pandemia o casamento foi adiado, só isso.

Mineirinho ficou muito chateado com a notícia, parecia que havia morrido alguém, mas dá para entendê-lo perfeitamente. Ele estava em uma euforia contagiante de tanta alegria porque iria viajar com seu primo, iria rever todos os amigos de São Paulo que para ele eram mais que amigos, eram como sua família, e ele não os via há anos, e de quebra ainda iria apresentar para todos a sua esposa querida, Maria.

Maria então tentava consolá-lo:

– São coisas da vida, sabermos controlar as ansiedades e conseguirmos nos encaixar sem nos chatear com certos acontecimentos inesperados faz parte de nosso crescimento espiritual.

* * *

Daquele dia em diante ele não abriria a barbearia, não poderia mais. Ordem das autoridades. Todo o comércio deveria ser fechado, a não ser que fosse um dos estabelecimentos considerados essenciais para a sobrevivência. A barbearia não fazia parte do grupo essencial. Ao contrário, salões de beleza e barbearias compunham um conjugado de estabelecimentos que não poderiam funcionar por serem locais de alto risco. Era para o Sr. Rubens estar chateado, pois aquela barbearia era tudo para ele. De seus sessenta e seis anos, quarenta e oito viveu naquela barbearia, que herdara de seu pai. Não que seu pai fosse barbeiro, não. O pai do Sr. Rubens era corretor de imóveis e vivia em uma quitinete alugada quando faleceu, mas tinha essa pequena propriedade, esse estabelecimento comercial próprio, que era alugado para um barbeiro. Quando o barbeiro faleceu, o Sr. Rubens estava com dezoito anos e ele então disse a seu pai:

– Pai, eu quero assumir esse negócio para a vida. Sempre observei o barbeiro e como ele trabalhava. Gostei da profissão e é isso que eu quero para mim. Posso alugar e começar a trabalhar lá? Pagarei o aluguel para o senhor direitinho. Pode ter certeza.

Foi assim que o Sr. Rubens assumiu prontamente aquilo que sempre desejou, não teve outros sonhos que não fossem estar ali naquele lugar e atender plena e satisfatoriamente cada cliente. Quando seu pai faleceu, o negócio que já era bom passou a ser seu por direito total e legal.

Mas quando ele soube que não poderia abrir a barbearia por conta da pandemia, amanheceu indisposto. Sentia-se cansado e com dificuldades ao respirar. Logo pensou:

Seu Rubens, Seu Rubens! Você não para nunca, não tira férias, não descansa... Hora de descansar. Ainda bem que não precisa abrir a barbearia, mas ao menos escrever a carta para o Mineirinho é preciso, para que ele entenda que o casamento do menino Just foi adiado.

As primeiras palavras escritas já o cansaram, e como ele tinha o telefone do Mineirinho, telefonou e informou para Maria, que o atendeu.

Ainda bem que o Sr. Rubens telefonou nesse dia para o Mineirinho, pois se ele tivesse deixado para qualquer outro dia, já não mais conseguiria. Ele tinha sido contaminado pelo vírus da pandemia, e não teve tempo de passar por um tratamento. Quando resolveu ir ao médico já estava numa fase avançada, em que pouco poderia ser feito por ele; e foi assim que o sr. Rubens deixou o planeta terra. Não tinha herdeiros, mas suas sementes de amor ao próximo brotaram nos corações dos que frequentaram aquela barbearia, que mais parecia um ponto de encontro de amigos e de família do que uma simples barbearia; e dessa forma, sem que ninguém soubesse, ele a deixou para alguém que ele sabia que assumiria a profissão com o mesmo gosto e prazer que ele teve por toda a vida. A surpresa do herdeiro foi grande para todos. Entre todos os frequentadores, ele escolheu apenas um para dar continuidade ao seu trabalho. Na carta deixada junto ao testamento, ele disse:

"Vocês devem estar pensando que ele pode não querer trabalhar nesse ofício, mas eu sei e sinto no coração que ele quer e fará o melhor para dar certo, até melhor do que eu."

De fato, a felicidade tomou conta do coração de Palin quando soube que era agora proprietário de uma barbearia, e não dá para descrever em palavras a emoção que ele sentiu. Chorou muito por saber do falecimento do Sr. Rubens, a quem ele tinha em seu reservado coração como um pai, visto que o seu pai biológico, o Sr. Teófilo, morava em Lagarto e estava muito distante de São Paulo.

Sempre que Palin precisava desabafar, enquanto menino, depois jovem e em seguida rapaz, era com o Sr. Rubens que ele sempre contava. Não que ele não gostasse de seu pai; gostava sim, o amava, mas não tinha como desabafar com alguém tão distante. Agora o Sr. Rubens ficaria muito mais distante fisicamente, mas a barbearia os aproximaria espiritualmente e isso o acalentava na alma. Palin sempre observou o trabalho do senhor Rubens com zelo e satisfação; e ser barbeiro, naquele momento, para ele era um presente de Deus.

* * *

Já em sua cidade, depois de muitos dias em Pouso Alegre sem conseguir retornar por conta do fechamento das rodoviárias em razão do vírus, agora depois que ele e Lucas haviam regressado, Roberto refletia com inquietação. Sua cidade estava caminhando perfeitamente sozinha, não havia problemas, a Santa Casa da cidade agora estava devidamente equipada e enfrentava qualquer parada com total prontidão.

Após ele ter assumido a prefeitura da cidade, e tendo Lucas como assessor e braço direito, aquela passou a ser a cidade dos sonhos de qualquer conto de fadas. Não havia sequer um morador de rua, visto que a secretaria de assistência social amparava a todos os necessitados de moradia com um programa que ele implantou, denominando-o "Minha casa eu conquisto com trabalho e dedicação".

O nome do programa a princípio foi refutado. A maioria dos moradores, e até o eleitorado dele não gostaram do nome.

– Sr. Roberto! Um programa de moradia precisa de um nome mais sucinto e convidativo. Esse é complicado e comprido.

– Tem sugestão melhor?

– Não.

– Então, por enquanto, ficaremos com esse mesmo. O nome é o que menos importa nesse momento, e sim resolvermos o problema. Isso sim é que requer maior atenção.

Assim o nome do programa oferecido acabou ficando esse mesmo. No entanto, o esquema, o raciocínio do programa, era bem simples e eficaz. Funcionava assim:

Em primeiro lugar, foi obtida uma relação dos necessitados que não tinham moradia, formando assim uma prévia inscrição no programa.

A ficha do inscrito continha o maior número de dados possíveis sobre ele, englobando profissão e habilidades, pois muitas vezes a profissão ou formação não condiz com a habilidade do indivíduo. Daí a necessidade de obter as duas informações. Esse raciocínio seguia na ficha para quase todas as perguntas, usuais de uma ficha cadastral.

Caso na ficha constasse algo relacionado a vícios, como drogas, bebidas, jogos ou afins, o inscrito recebia tratamento individualizado e criterioso, uma vez que havia uma chácara na cidade que fora transformada em uma clínica de recuperação da comunidade, criada para esse programa.

Foram selecionadas pessoas amorosas e profissionais exemplares para trabalharem junto ao tratamento de cada um. Nessa chácara, todos eram tratados como proprietários do local e eram de fato. Para os pioneiros da chácara, o registro do nome de cada um deles foi colocado e lavrado em Escritura, mas constando também que o imóvel não poderia ser vendido, doado ou deixado como herança para nenhum familiar, visto que a prefeitura da cidade tinha usufruto em registro. Eles precisavam zelar e contribuir com tudo o que lá existia. Com o trabalho de criação, plantação e colheita, realizado lá mesmo, eles se alimentavam; e conforme iam arranjando emprego, um quinto do salário era destinado para uma conta corrente, almejando que pudessem comprar outra chácara com as mesmas características, e assim doariam a nova chácara ou clínica da comunidade a outros moradores, para sanar os problemas que um dia eles também tiveram.

Caso na ficha de inscrição não constasse nenhum problema com qualquer tipo de vício, eles recebiam as chaves de um pequeno apartamento ou casa, escolhidos de acordo com o tamanho da família. Para uma família de dez pessoas, por exemplo, um casal e oito filhos, sendo quatro meninos e quatro meninas, o lar teria necessidade de três quartos, sendo um para o casal, um quarto para os meninos e outro para as meninas. E junto com a moradia era oferecido um novo emprego destinado para os componentes daquela família que estivessem em idade apta para o mercado de trabalho.

Antes da entrega das chaves, porém, essas pessoas passavam por uma entrevista e depois se comprometiam a fazer cursos de especialização e tudo o mais que fosse necessário; e da mesma forma, a princípio, um quinto do salário era destinado para uma conta que almejava a compra de um apartamento destinado a um outro sem-teto. Tudo lavrado e registrado em cartório; do mesmo modo que era feito com a clínica da comunidade, também era feito com a "nova morada".

É importante ressaltar que um quinto do salário ia para a conta da prefeitura apenas até atingir o montante do valor gasto para comprar o apartamento. Não era uma dívida para a vida toda, não. Ninguém seria escravo de ninguém, e os contratos poderiam ser rescindidos no momento em que o inscrito desejasse.

Suponhamos que ele não quisesse mais pagar pelo apartamento porque havia ficado muito bem de vida e pudesse até comprar outro imóvel? Como era feito então? Bastava devolver o apartamento para a prefeitura e parar de pagá-la. Simples, menos burocrático e mais saudável.

No entanto, se ele não puder pagar porque não tem condições financeiras, se não houver salário para que seja retirado um quinto do mesmo, como fazer? A prefeitura irá tirar o apartamento dele? Não. De forma alguma a prefeitura retiraria o apartamento do inscrito por ele não ter condições de pagá-lo. A prefeitura tem profissionais habilitados para estudar a fundo cada caso e certificar-se da veracidade e da situação. Mediante a situação apresentada, havia um leque de oportunidades para encontrar uma solução. O que a prefeitura de Roberto não admitia era moradores de rua em situações degradantes como ele viu e presenciou na capital de São Paulo.

Cada caso era sempre tratado com especial atenção, e um curso de resiliência sempre era oferecido para os moradores da cidade.

O fato é que por essa e outras feitas, quando a pandemia chegou, a cidade de Roberto estava perfeita para enfrentar o vírus e até acolher pacientes das cidades vizinhas.

O que deixava Roberto irrequieto era lembrar-se daquelas pessoas vivendo na rua, que um dia ele visualizou na capital nos arredores do hotel onde se hospedou.

Mesmo sendo autoridade na cidade agora, Roberto manteve o hábito de sentar-se no banco da praça para refletir. Apesar da pandemia que afetava o mundo, ele não temeu sentar-se no banco de sua praça e lá ter uma conversa séria consigo mesmo. Ele sabia que os moradores da cidade eram conscientes, resilientes e altruístas, e sabia que assim sua cidade estava limpa.

Pois é Roberto... Há tanta coisa a ser feita, tanta vida para ajudar e você aqui, sentado, pensando na vida. Não tem vergonha? Faça alguma coisa para ajudar o próximo, homem de Deus!

Assim exclamava Roberto, indignado consigo em seus próprios pensamentos. E continuava:

Esta cidade anda sozinha agora, não precisa mais de você. Vá oferecer ajuda para quem precisa. Há políticos que estão sucateando insumos, superfaturando e comprando bobagens, aterrorizando as pessoas em vez de ajudá-las e, enquanto isso, você fica aqui sentado? Tem gente passando fome, sofrendo, doente... A vida de cada um é o que importa. Faça alguma coisa, Roberto!

* * *

A sensação era de que o mundo havia parado. Tudo estava muito diferente. O trânsito infernal que antes existia na cidade, por exemplo, simplesmente sumiu. Era estranho fazer aquela caminhada sem poder nem passar na casa de dona Hilda, como de costume. Ele precisava respeitar a dona Hilda e ela não estava recebendo visitas. Aliás, ninguém saía ou recebia visitas por medida de precaução. Em sua casa, Dona Judith dizia:

– Gente! Fiquei neurótica com essa pandemia!

Dona Judith, além de não receber visitas e não sair de casa, não deixava o Sr. Stanley e Just saírem. No entanto, eles precisavam sair. O Sr. Stanley providenciava os mantimentos para as avós, tias e para eles mesmos. Just o ajudava.

Cada vez que chegavam com as compras, era imediata a limpeza com álcool gel de produto por produto. Tudo antes de entrar em casa tinha que ser higienizado e, no final, tinham que limpar as solas dos sapatos com uma solução de água sanitária, depois tirar as roupas e colocá-las em baldes com água e sabão que já estavam esperando na porta, e então se dirigiam direto para o chuveiro. Tudo muito cansativo, mas necessário. Ai daquele que não fizesse. Dona Judith entrava em pane total. Fase complicada.

Naquele dia as coisas já estavam melhorando na capital. O vírus ainda estava presente nos ambientes, mas Just convenceu sua mãe de que ele precisaria fazer aquela caminhada, até por questão de saúde mesmo. Ele necessitava manter um peso que não o prejudicasse, e a caminhada o ajudava muito nesse sentido, sem contar que seu casamento havia sido adiado por tempo indeterminado... Depois de muitos argumentos, Just conseguiu a aprovação da mãe e seguiu para sua antiga caminhada de sábado, quando passava pela casa de dona Hilda. Desta vez, não teria como parar por lá. Seguiu com a máscara, mas não encontrou ninguém no caminho. A cidade parecia dormir. Just então seguia conversando apenas consigo e refletindo sobre os toques de cumprimento que ele sempre evitou dar nas pessoas e agora, mesmo que quisesse, não poderia. O que aconteceria agora?

Finalmente ele não influenciaria na vida das pessoas como antes. Será que agora ele viveria normalmente como todos?

Normalmente?

* * *

O comércio fechou e ninguém saía de casa, a não ser por necessidade máxima, e quando alguém saía era obrigatório o uso de máscara. Algumas pessoas chegavam a usar luvas. O vírus até então desconhecido veio da China, mas atingiu o mundo. Cientistas avaliaram as formas de contágio e concluíram que era pela mucosa. O vírus poderia entrar pelo nariz, boca ou olhos e dali seguir pelo corpo. Ele poderia estar até no ar, no chão, mas a forma mais certa de contágio era pelo nariz ou boca, daí a necessidade e obrigatoriedade da máscara. Ao usar a máscara, a pessoa protegia não somente a si mesmo, mas ao próximo com quem ela tivesse contato.

Foi uma fase de isolamento muito difícil para todos. Para não se estressar, o ideal era sinalizar para o cérebro relaxar o corpo parando, respirando e pensando. Respirando fundo pelo nariz e expirando lentamente pela boca. Essa é uma das maneiras de diminuir o estresse.

* * *

Na casa de tia Gumercinda a situação não era diferente. Tia Gumercinda sentia-se cansada demais. Quase um ano e a situação da pandemia não estava resolvida. Esse não era o mundo que lhe fora apresentado. Sua liberdade havia sido roubada. Agora para sair era um arsenal, e na volta outro ritual assustador. Nunca antes ela pensou que poderia passar por uma situação como essa.

Tia Gumercinda estava passando roupas, coisa que antes da pandemia não era tarefa dela, quando de repente emitiu um comentário bem polêmico:

– Quem tem por profissão passar roupas, deveria passar lençóis com elástico de graça, ou até pagar para que alguém pudesse deixá-la passar o lençol.

– Como assim!? – exclamou Just, que havia entrado depois de tirar os sapatos e colocar a máscara, carregando as compras do supermercado. Ajudou a tia a limpá-las e, enquanto a tia passava as roupas, ele tentava matar as saudades a distância.

– Ué! Você já passou lençol com elástico?

Tia Gumercinda parou de passar o lençol, debruçou-se sobre a tábua de passar, apoiou o cotovelo na própria tábua e a mão esquerda no queixo. Assim, continuou o raciocínio dizendo:

– É muito difícil. Você passa, repassa e trespassa, mas o lençol não fica bom. Então acredito que quando você tem a chance de passar um lençol com elástico, você paga um pecado. A cada lençol com elástico passado um pecado é perdoado, assim, quanto mais lençóis passar, melhor, e haverá um momento em que você acaba ficando com créditos para pecados. Paga até pecados ainda não cometidos!

Mas Just foi certeiro e respondeu de imediato:

– Passar até eu passo, não é bem assim. Abate o pecado se conseguir passar e deixar o lençol com elástico sem nenhum vinco. Alguém já conseguiu isso, tia?

As avós que estavam por perto riram da expressão de Gumercinda, que ficou sem reação.

* * *

A saudade dói, a abrangência de conviver em um mundo diferente daquele em que sempre vivi é muito difícil para mim... Na história lendária de Adão e Eva, havia um paraíso e eu recebi de meus pais um paraíso para viver. O mundo era aberto, havia aproximação, havia união e, de certa forma, havia compreensão. Não era fábula. Era real. Era o meu mundo! Hoje tudo mudou.

Na história lendária de Adão e Eva eles perderam o paraíso porque pecaram; e não somente eu, como também todos que estamos aqui nessa época, pecamos de certa forma. Uns mais, outros menos, mas não sei se há alguém entre nós que não tenha pecado, nem mesmo em pensamentos. Chego a questionar a razão de tudo isso sem encontrar uma resposta. Será que é por isso que temos que conviver separados? Mas "conviver" é "viver com" e não separados. O que será que temos que aprender? O que será que quer dizer tudo isso? Não temos para onde fugir! É uma pandemia, e pandemia é algo mundial.

Assim transcorria a mente de muitos durante a pandemia da Covid-19. Alguns aterrorizados nem mesmo saíam de casa. Outros agiam como se nada estivesse acontecendo. Levavam suas máscaras como um acessório, um acessório obrigatório, mas não tomavam os devidos cuidados nem com a máscara nem consigo mesmos. Pasmem, mas os políticos atrapalhavam ao invés de ajudar. Eram corruptos, mentirosos e totalmente egocêntricos, fazendo da pandemia mais um negócio de barganha, como se eles fossem inatingíveis diante do vírus.

A população se via perdida sem saber em quem poderia confiar. Havia a teoria da conspiração e havia também a turma do "deixa disso". Por um lado, médicos depunham contra as vacinas que surgiam, cada um com sua teoria, o que não deixava de ter um fundo de verdade, visto que nenhum laboratório havia tido tempo hábil para que se tivesse um conhecimento a fundo sobre os efeitos colaterais de qualquer vacina que naquele momento estivesse sendo testada. Por outro lado, a turma do "deixa disso" era formada por médicos que confiavam inteiramente nas vacinas, acreditavam nos estudos apresentados e não viam a hora de tomá-las, e poder viver e conviver plenamente como antes.

    Tudo o que se sabia após os estudos era que o vírus provinha do morcego, mas se veio da China como muitos diziam, ou não, ou se foi um vírus criado pelo próprio homem, ninguém sabia. O fato de o vírus ter se espalhado mundo afora, se foi proposital ou não, cabe de fato a cada um de nós refletir, se nos interessa procurar saber. Em um primeiro momento, o que importa é que o vírus percorreu o mundo independentemente das causas, e precisa ser extinto de alguma forma.

E passamos pelo tempo...

Just, sentado em sua cadeira de balanço, em uma vasta varanda cercada de ipês floridos, lembrava-se de tudo isso e ia relatando para sua netinha Patrícia, que estava sentadinha no tapete da varanda, com as perninhas cruzadas e a cabecinha erguida em direção a ele, prestando atenção em cada palavra que aquele doce avô dizia.

Just resolveu contar para sua netinha como foi aquela pandemia que aconteceu bem no ano em que o vovô iria se casar, quando de repente alguém surge à porta:

– Just, Patrícia só tem cinco anos. Acha mesmo que ela está entendendo tudo isso?

– Acho! Eu me lembro de muita coisa de quando eu tinha cinco anos, lembro-me até de uma imagem que tenho na memória: eu dentro do berço. Acredita?

– Eu, hein, cada uma. Mas se você diz, acredito. Você não é de mentiras, mas que é difícil de acreditar, ah, isso é.

No decorrer da conversa, sem que ambos esperassem, Patrícia interrompeu:

– Vovô, as vacinas eram boas ou não?

***

Em um dia aparentemente simples, Just foi para seu escritório, ligou o notebook e começou a escrever. E naquele instante tudo se transformou, mas Just não tinha ainda a menor noção sobre o que acontecia. Seu mundo era seu – próprio, idealizado e puro. Não tinha ciência do que se passava fora dele. Lógico, ouvia falar em maldades, terrorismos, covardia e políticas podres, mas tudo era muito distante para ele. Seu mundo era todo como nos livros e romances. A vida para ele era cheia de paz e tudo se encaixava. Havia tristezas sim, mas superava-as com louvor. Nada o abalava a ponto de saber que o mundo todo estava em crise, inclusive o seu próprio mundo.

Sentou-se para escrever. Ele amava passar as tardes escrevendo. Quando lhe vinham ideias, ele as colocava no papel ou digitava direto no computador. Até por e-mail, para seu próprio e-mail, dele para ele, Just enviava as ideias para não as esquecer de depois as encaixar na vida, de forma útil.

Foi em um momento desses que ele, de cabeça baixa a refletir e escrever, começou a sentir-se mais seguro, leve; continuava puro, porém, agora com uma visão mais ampla de mundo. E naquele momento as letras tomaram vida. Saltaram da imaginação e pipocaram bailando a sua frente. Cada letra que se juntava, formando um passo diferente, era uma palavra, uma frase, um conceito...

Ele parou devagar, afastou lentamente o mouse, ergueu a cabeça, olhou para o notebook em que escrevia, olhou para aquelas letras que brincavam e dançavam ao seu redor e naquele instante, sem que ele percebesse, a magia se fez.

Foi de repente, do nada, assim, sem expectativas, e o encanto se fez verdade. Tudo foi revelado, e Just pôde entender o que se passava em seu viver.

Maturidade? Espírito evoluído? Deus em diálogo com ele? Ele mesmo em um misto de tudo isso? Quem passava aquela conclusão de tudo em forma de paz para ele?

O fato é que se sentiu abraçado e confortado por todas aquelas palavras que surgiam em sua mente e bailavam à sua frente. Olhou para dentro de si, ergueu a cabeça e viu as ideias se transformando em algo concreto. Aquele ser formado saiu sorrindo ao seu encontro.

A figura lhe estendeu a mão:

– Just, eu quero cumprimentá-lo. Dê-me sua mão – disse estendendo o braço, ficando parte do braço, até o antebraço, sem completar, e apenas depois que Just retribuiu o cumprimento, também esticando seu braço, foi que a imagem lhe surgiu por completo. A imagem estava não somente completa, mas renovada. Com ar de satisfação e olhar de paz no coração.

Just então seguiu refletindo... lembrando e percebendo que o que travestia as pessoas e até animais em ouro ou espinhos não era o toque físico, mas o toque na troca de emoções, de carácter e de crescimento espiritual entre os que se tocavam. Sim, porque ele também era tocado e não havia percebido essa feita. E nesse momento ele percebeu.

– A troca de emoções é sem dúvida o fermento do crescimento espiritual, e você sempre trouxe dentro de si esse maravilhoso ingrediente de crescimento. A junção dos toques forma a ciranda de emoções acopladas ao caráter de cada um e acaba por compor as sensações e as conquistas individuais. Somos todos um, Just. – A figura lhe afirmou.

Just então, se tomou em reflexão e lembrou-se, sem ser afoito como quando era criança, sem ser ansioso como quando era jovem, mas agora com a serenidade da idade avançada, e conseguiu perceber o porquê do ouro ou do espinho; seja lá qual fosse o resultado, percebeu claramente que era advindo da troca de emoções de ambos os envolvidos no cumprimento, seja um abraço, um aperto de mãos, um olhar... Ou mesmo apenas por se encontrarem ao acaso e se cruzarem, mesmo que apenas no atravessar de uma rua...

Como somos todos um, nossos desejos, anseios e emoções refletem naqueles que nos cercam ou cercaram em algum momento. Um exemplo forte e claro foi quando, com raiva do professor de matemática, sentiu desprezo por ele; e o professor, por sua vez, experimentou de tal forma o sentimento de raiva que Just tinha por ele que, mesmo acostumado a ser um professor altruísta, naquele dia, pensando apenas nele, não conseguiu se colocar no lugar de sua namorada, a tia Bel; e em consequência o professor Hélio jogou todo aquele sentimento sobre ela, que ficou extremamente chateada com seu comportamento de querer que ela fechasse a loja antes do horário. Em meio a esses pensamentos, a figura disse para Just:

– É assim que segue a vida. Efeito cascata, meu parceiro. Teve momentos em que a interferência na vida do outro foi prazerosa. Lembra daquele dia do saque no armazém? Você sentiu vontade de abraçar o garoto que lhe roubava o relógio. Lembra?

– Sim.

– Aquele garoto se tornou um homem de bem e você, mesmo sem saber, com aquela atitude, ajudou o menino, e muito.

A figura seguiu dizendo:

– Ajudamos e atrapalhamos muitas pessoas em nossa trajetória de vida. Algumas de nossas atitudes e até alguns de nossos sentimentos refletem de forma que logo ficamos sabendo a consequência, mas há atitudes e sentimentos que nós causamos e que não chegamos a tomar conhecimento nessa existência.

Abraçou-o comovido e convidou-o para um café.

Just olhou-o admirado e por um momento pensou que estava sonhando.

Como assim? Esse ser não é de carne e osso, mas sim de letras e palavras, não tem sangue correndo nas veias, mas tem emoções circulando em atitudes! E ele quer um café?

Sim e queria mais, ofertou-lhe um abraço, mas queria que fosse um abraço sincero, verdadeiro e de saudades de fato. Queria sentir a correspondência de sentimentos.

– Just meu grande amigo, até hoje espero por esse momento, mas nada posso fazer sem sua permissão. Em nada posso ajudar se você não me aceitar, se você não me entender e se você não me quiser de fato com meus propósitos, deixando meus anseios em concordância com os seus.

Just sentia-se bem, apesar de não conseguir entender com quem ele estava falando e como aquele ser surgiu.

Puxado delicadamente pela mão, o ser o conduziu até a cadeira da cozinha e juntos sentaram-se para um bate-papo entre amigos sinceros que não se viam há anos, acompanhados de uma xícara de café para juntos conversarem. Deliciaram-se daquele instante inesquecível.

Por um breve momento aquele ser chorou, lágrimas correram em seu rosto. Mas não pense que eram lágrimas de tristeza, não. Eram sim pura manifestação de alegria pelo tempo em que ele aguardara por aquele momento.

Just, por sua vez, não sabia o que fazer, nem mesmo o que pensar. Estava com um misto de sentimentos entre maravilhado e totalmente incrédulo diante do que estava acontecendo. Beliscava-se para acordar. Só podia ser sonho. Aquilo não era real. Chegou a gritar chamando por sua esposa, mas ela não apareceu. Ninguém aparecia naquele momento para explicar-lhe o que estava de fato acontecendo, mas ele, Just, sentia em seu íntimo uma felicidade intensa. Era um sentimento de alegria incomparável. Mal sabia ele, mas chegara a hora, ele desvendava naquele instante o seu mistério, o enigma que o acompanhou durante toda a sua vida. Agora ele estava descobrindo o porquê de, ao cumprimentar alguém, independente do que ele, Just A Touch, pensava, a pessoa saía vestida de ouro ou espinhos.

Quando, ainda pequeno, Just viu as vestimentas das pessoas que cumprimentava irem se transformando; em um dado momento, teve a iniciativa de contar uma a uma separadamente, se eram revestidas de ouro ou de espinhos. No mesmo instante em que cumprimentou a décima pessoa que se revestiu de ouro, recebeu uma notícia bem triste. O ocorrido se deu quando, ao brincar no quintal, um coleguinha, vizinho da rua, veio apresentar-lhe o priminho. Ele cumprimentou o novo colega, que se revestiu de ouro; e em seguida, quase que instantaneamente, um vizinho apontou na porta dizendo que sua esposa acabara de falecer.

Just então passou a achar que a cada dez pessoas cumprimentadas e travestidas em ouro, alguém faleceria em algum lugar. Para ele isso sempre foi uma certeza.

A mesma certeza o cercou pela vida toda quanto a alguém receber a vida de volta a cada vinte cumprimentos revestidos de espinhos. O fato é que quando ele completou as contas de dez revestidos em espinhos, nada aconteceu, e então ele seguiu contando. Quando completou vinte revestidos em espinhos, Just recebeu a notícia de que sua avó Mariquita, que estava na UTI por ter tido um infarto, teve uma melhora significativa e não chegou a ficar nem um dia no quarto, já teve alta e foi para casa com sua saúde renovada. Muita alegria cercou o ambiente, e Just passou a achar que a cada vinte pessoas revestidas em espinhos por seu toque, alguma era curada em algum lugar do planeta.

Você pode estar achando que Just teve certezas infundadas. Será? Quantas certezas infundadas nós temos na vida? Quantos problemas nós temos em nossas trajetórias por pequenas cismas que crescem em nossos pensamentos, virando ações e certezas criadas por nós?

Muitas coisas que para nós foram dadas como verdades, percebemos um dia que de fato não eram verdades absolutas. Cabe a nós sempre uma dúvida, uma pesquisa, um estudo, um envolvimento verdadeiro para sabermos se estamos de fato diante de um problema real.

Sim. A cada toque algo se transformava. Sim, a cada toque acabamos por interagir com alguém... E sim, o reflexo desses toques influi na vida de pessoas que nós nem conhecemos, pelo efeito cascata talvez; e assim, em algum lugar do planeta, nosso toque reveste algo ou alguém positivamente ou negativamente, mas não temos como afirmar a quantia exata dessa influência.

Durante a pandemia, Just achou que o problema de interferir na vida de alguém estava solucionado, já que não poderia mais tocar fisicamente em ninguém. Com a pandemia da Covid-19 as pessoas não puderam mais se cumprimentar, nem mesmo se tocar fisicamente para evitar o contágio. Mas foi uma ilusão para Just... Não tocar fisicamente nas pessoas não solucionou o seu problema. Com alguns meses de pandemia ele percebeu que não precisava tocar fisicamente, mas ao entrar em contato com alguém, às vezes só por videoconferência, esse alguém já tinha alguma coisa em suas características transformadas.

– Just! Just! Just!

O ser o chamava do outro lado da mesa da cozinha.

– Você parece ausente. Não está gostando da minha presença aqui?

– Não é isso. Eu estava refletindo sobre um fato que ocorre comigo desde criança e eu não consigo entender a causa.

– Meu amigo, fique tranquilo, eu sei disso tudo.

– Como sabe?

– Até que terminemos nossa conversa, você saberá quem eu sou e, portanto, como sei de tudo isso.

– Estou confuso com sua presença, mas ao mesmo tempo sinto-me muito feliz com você.

– Just, nós teríamos todo tempo do mundo para conversar aqui, mas tenho receio de que você de repente se afaste novamente, então preciso aproveitar agora para lhe falar algumas coisas e refletirmos juntos. Tudo bem?

– Sim.

– Então vamos lá. Vamos nos lembrar de alguns lances que acontecem e relacioná-los.

– Se a pessoa que eu toco sai revestida de ouro, alguém perde a vida, se sai revestida de espinhos, os espinhos devem machucar, mas acabo salvando a vida de alguém. O que vou relacionar nisso?

– Tá, mas você notou que apesar dos espinhos machucarem, quando espetam soltam um pólen com alguma característica do bem que a pessoa passa a apreender e a incorporar em seu viver?

– Como assim? Cite um exemplo.

– Poderei dar-lhe vários. Lembra-se daquela mãe aflita que você encontrou em uma quermesse anos atrás? Você ficou pensando: "Sei que ela e eu só pensamos coisas boas, mas ela saiu das minhas mãos vestida de espinhos!", não foi?

– Nossa! Foi mesmo...

– Mas ela se acalmou e conseguiu encontrar o filho. Mesmo com os espinhos ela ficou feliz. Aqueles espinhos tinham uma essência de amor, Just. Para nos curarmos, às vezes tomamos remédios bem amargos.

Aquele ser com a alma de ideias e o corpo de palavras continuou dizendo:

– Os espinhos soltam uma essência de amor. São sentimentos que se colhem através de cada pólen vindo do espinho, e gradativamente vão se unindo ao caráter do ser espetado. O espinho da esperança, por exemplo, colhe amor, aprecia felicidade e transmite alegria. Perceba que eu disse que esses sentimentos se unem ao caráter de cada um, não é apenas o seu cumprimento o responsável pelo comportamento do ser espetado porque foi tocado por você. Durante a pandemia, você percebeu que não precisava tocar fisicamente nos seres para intervir nas consequências. Você notou desde a infância que era algo involuntário, mas suas ações interferiam em cada ser.

– Sim. Isso mesmo. E não queria. Ou melhor, não quero! Quero ser igual a todo mundo.

– Just, ninguém é igual a ninguém!

– Ah, não. Desde a infância noto que somente ao ser tocada por mim, a pessoa se reveste em ouro ou espinhos. As demais pessoas se cumprimentam e não se revestem de nada. Continuam com seus trajes normais.

– É... as aparências enganam, meu caro Just! Você não tem como saber a que ponto as outras pessoas são atingidas por suas convivências entre si, a interferência de outros você geralmente não vê. É aí que está o segredo da vida, meu caro eu.

– Como assim?

– É nessa ciranda de emoções que o mundo pulsa. Somos todos órgãos do mundo. Somos o pulmão quando o mundo está carente de paz, somos o coração quando o mundo se estabelece no amor, daí a necessidade que o mundo tem de nossa presença aqui. O mundo precisa de cada um de nós... Se aqui ainda estamos, é porque ainda não cumprimos o que a nós foi determinado. Se aqui ainda ficamos, é porque nós não fizemos ainda toda prova a que nos propusemos.

– Como assim?

– Não te darei todas as respostas. A preguiça da humanidade em refletir é um dos males da existência. Vamos refletir juntos:

Temos corpos distintos e temos ainda a escolha ou o livre-arbítrio de determinar como queremos viver.

– Em tempo de pandemia da Covid-19, você vivenciou o que é estar ligado nas energias positivas e o que é a ligação que empurra a humanidade para a insatisfação. As pessoas se dividiram em dois times, vamos dizer assim, a parte do "vamos tirar proveito e roubar" versus a parte do "vamos nos colocar no lugar do próximo e ajudar".

– Vivemos coexistindo. Precisamos uns dos outros, e mesmo que não precisássemos, somos felizes quando trocamos. É ajudando e sendo ajudados que nós temos a emoção da felicidade. Compartilhamos as mesmas energias. Daí a necessidade de portarmos energias do bem sempre. Quando chegamos a essa consciência, nosso poder para melhorar o mundo se torna mais amplo.

– Ao interferir na vida de alguém, mesmo que somente por energia espiritual, se você depositou coexistência benéfica, isso ajudará e muito na vida desse alguém, mas dependerá também de qual energia esse alguém tinha em seu saldo interior.

– Muitos países vivem em guerra, ainda há fome e pobreza, e há pessoas que não sabem o que vieram fazer na Terra. Da mesma forma, existe o oposto de tudo isso. Mesmo quando a guerra não é aparente e declarada, nos países existe a divisão da sociedade, de forma que sempre há os que tiram vantagens dos menos favorecidos de alguma forma.

Você pensava que a cada dez pessoas revestidas de ouro uma outra perdia a vida. Podemos não saber exatamente a quantidade, mas sim, acontece de alguém perder a vida enquanto outras pessoas se revestem de ouro e vivem no luxo pleno. Elas não necessariamente têm culpa por uma vida ser perdida, mas algo ainda falta, porque é nos espinhos que se encontra o crescimento individual, e até o coletivo. Alguns espinhos são indolores e outros doloridos, mas aromaticamente saborosos. O toque não precisa ser sempre de espinhos para ser eficiente. O toque é na alma, e não no corpo; por isso, não precisa tocar ninguém fisicamente para que o espírito se transforme. Quando o toque é de amor, a alma se reveste de paz e se espalha de forma fugaz.

O básico não pode faltar a ninguém! Logo, para que tudo isso mude, todos precisam mudar; e a mudança é de cada um com seu próprio eu. Encontrar-se, cuidar-se e cuidar do próximo é uma das principais mudanças, mas não é a única. Há muito trabalho aqui na Terra. Se você já começou com esse processo, muito obrigado!

Compartilhando propósitos e conectando pessoas
Visite nosso site e fique por dentro dos nossos lançamentos:
www.gruponovoseculo.com.br

Talentos da Literatura Brasileira
@talentoslitbr
@talentoslitbr

gruponovoseculo.com.br

Edição: 1ª
Fonte: Lora